KB188985

천 개의 베개

노동효 로드 에세이

천 개의 베개

초판 1쇄 인쇄 | 2024년 9월 25일
초판 1쇄 발행 | 2024년 10월 1일

지은이 | 노동효
펴낸이 | 김명숙

디자인 | 이명재
교 정 | 정경임
펴낸곳 | 나무발전소

등 록 | 2009년 5월 8일(제313-2009-98호)
주 소 | 서울시 마포구 독막로 8길 31, 701호
이메일 | tpowerstation@hanmail.net
전 화 | 02)333-1967
팩 스 | 02)6499-1967

ISBN 979-11-94294-01-6 03810

천 개의 베개

노동효
로 드
에세이

지구를 여행한다는 건

여행이 시작되기 전까지
우주는 아무것도 아니었다

빅뱅!

닫힌 문 걷어차고 집 나간 우주는
138억 년째 방랑을 그치지 않는다
하여, 이 우주에서 움직이지 않는 건
아무것도 없다

은하를 도는 태양도
태양을 도는 지구도
지구 위의 모든 생명체도
나도 당신도 모두 여행 중이다

우리는 언제나 여행 중이다

하나의 종에서 다른 종으로,

탄생에서 죽음으로,

원자, 세포, 식물, 동물

다양한 단계를 지나 어느 날

여행이 내게로 왔다

내 나이 열네 살의 겨울, 부산이었어요. 8년 만에 내린 눈 때문에 질문이 생겼답니다. '순결해 보이는 저 눈송이도 이 사회라는 길바닥을 뒹굴면 까맣게 변하는구나! 나도 그럴까? 나라는 존재는 대체 어디서 왔을까? 결국엔 어디로 가는 걸까?' 그 물음들 앞에선 학업이든, 진학이든, 모두 하찮아 보였어요. 쳇바퀴 도는 일상에서 벗어나기 위해 집을 나가기로 했어요. 용돈으로 야영 장비를 사 모으고, 주말엔 서점에서 책을 읽었죠. 〈야생에서 살아남는 법〉 같은 제목의 책이었어요.

다시, 겨울이 왔죠. 열다섯 번째 크리스마스 날이었어요.

나는 누구에게도 알리지 않은 채 조용히 집을 나섰어요. 낙동강 지나 국도변 주유소에서 만난 트럭 운전사가 마산까지 데려다주었어요. 곧 밤이 내려앉았죠. 미성년의 소년이 잘 데는 없었어요. 크리스마스 캐럴이 울리는 거리를 지나 철교 아래 방범초소를 간신히 찾아냈죠. 문은 잠겨있지 않았어요. 침낭을 꺼내 잠을 청했죠. 낯선 곳에서의 첫날 밤.

훗날 알게 되었죠, 그날 밤이 나를 여행자로 만들었다는 걸. '지구라는 행성 그 어느 곳에서든 내 한 몸 누울 잠자리가 있다.' 그날 밤 이후 참 많은 곳에서 잠들었어요. 경기도 마석의 헛간, 파키스탄 국경 사막을 오가는 기차의 우편 화물칸, 지중해를 오가는 유람선의 갑판, 동남아시아 소수 부족이 사는 오두막, 아프리카 힘바족이 사는 황무지, 남아메리카의 버스터미널에 이르기까지.

잠자리를 걱정하지 않는 여행자는 떠남을 두려워하지 않아요.

떠남에는 크게 세 가지 범주가 있죠. 관광, 여행, 방랑. 대략 시공간의 길이나 크기로 이들을 구분해요. '다른 지방이나 다른 나라에 가서 그곳의 풍경, 풍습, 문물 따위를 구경하는 것'을 일컬어 '관광'이라고 하죠. 하루치 관광은 존재하지만, 하루치 방랑은 존재하지 않아요. '방랑'은 긴 시간을 두고 한 나라, 한 대륙 이상을 거니는 행위죠. 아마도 여행은 '관광'과 '방랑' 중간 어느 지점에 자리하겠죠.

그동안 수많은 작가와 여행가들이 '여행(자)'과 '관광(객)'을 구분하곤 했어요. 저마다 기준이 있었지만, 가장 뚜렷한 기준은 결국 당사자의 '마음가짐'일 거예요. 타인에 의한 규정은 참견에 불과하죠. 그럼에도 명확한 건, 여행이 방랑으로 변화할 순 있지만 관광이 방랑으로 바뀌진 않는다는 거죠. 그리고 내적인 변화는 주로 방랑의 단계에서 일어나요.

20세기 초 남아메리카를 8개월에 걸쳐 방랑했던 한 청년은 고국으로 돌아간 후 일기를 정리하며 이렇게 말했더랬죠.

'이 글을 수정하고 다듬는 사람은 더 이상 내가 아니다. 적어도 예전의 내가 아니다.'

여행자는 길에서 내적인 변화를 일으키는 '결정적 순간'과 마주치곤 해요. 어떤 마주침은 한 사람의 인생을 송두리째 바꿔놓기도 하죠. 인도 바라나시에서의 일출, 안데스산맥 위를 지나가는 별똥별, 아프리카 원주민의 춤사위, 북극곰의 무구한 눈동자가 감정을 뒤흔들면서. 여행자는 낯선 풍경이 일으키는 강력한 내적 반응에 지속해서 노출되죠. 그로 인해 세계를 느끼는 시간의 속도가 달라져요, 마치 어린아이가 된 것처럼.

어떤 여행자는 도시나 국가 같은 공간뿐 아니라 시간을 넘나들어요. 지구란 행성은 그 자체로 거대한 타임머신이거든요. 호기심의 강도에 따라 19세기, 혹은 10세기, 아니 7세기에 닿을 수도 있어요. 인류의 모든 발자취가 같은 시간대에 함께 존재하기 때문이죠. 물론 도쿄, 뉴욕, 상파울루, 파리 등 주요 도시만 방문한다면 오직 21세기만 만나게 될 거예요. 그러나 현대 문명의 끝자락을 들추면 영화나 소설로만 경험했던 시공간이 숨 쉬고 있어요.

이제 어디로 떠날까요? 어디라도 좋아요. 당신이 가보지 않은 모든 대륙과 나라와 장소가 당신의 미개척지니까요. 미개척지에 도착하면 가슴이 설렐 거예요. 오스카 와일드는 말했죠. "살아있다는 건,

세상에서 아주 드문 일이다. 대부분의 사람은 (무생물처럼) 단지 존재할 뿐이다"라고. 우리는 단지 존재할 뿐인 사물에서 스스로를 빛나는 생명으로 바꾸기 위해 여행하는지도 몰라요.

여기 당신 앞에 스물다섯 편의 여행담을 내려놓습니다. 아프리카, 유럽, 동남아시아, 남아메리카 등 여행지는 달콤하지만, 문득 당의정처럼 '씁쓸한 맛'을 느낄 수도 있을 겁니다. 지구 저편에서의 경험담이지만 결국 내가 태어난 이 땅을 돌아보는 이야기니까요. 저마다 다른 장소, 다른 이야기일지라도 가리키는 방향은 같답니다. 당신이 떠나도록 부추기는 것. 물론 "굳이 왜 여행을 떠나야 하느냐?"고 물을 수도 있습니다. 이에 대해 〈허클베리 핀의 모험〉의 저자 마크 트웨인은 이렇게 말했더랬죠.

인간과 사물에 대한 광범위하고, 건강하며, 너그러운 견해는 일생 지구 한 구석에서 무기력하게 지내는 것으로는 얻을 수 없다.

모든 여행은
가방을 꾸리고,
지도를 펼치고,
혹은 여행기를 읽는 것으로 시작되지요.

차례 /

프롤로그_ 지구를 여행한다는 건 • 5

1장 걸어서 국경을 넘다

사무치도록 그립다, 월경의 시간들 • 16
남아메리카의 국경들

지구에서 가장 하얀 사막에 비가 내리면 • 26
브라질 렌소이스

해변도시 파라치엔 '황홀한 유산'이 있다 • 36
브라질 파라치

이구아수, 거대 폭포의 향연을 '추앙하라' • 48
브라질과 아르헨티나

지구, 우주라는 그라운드를 굴러가는 공 • 60
아르헨티나 마르델플라타

소금사막에서 나눈 사랑의 유통기한은 만년 • 72
볼리비아 우유니

남아메리카 배낭여행자들의 안식처 • 84
볼리비아 사마이파타

'데스 로드' 지나 황금 계곡에서 만난 '전망 좋은 방' • 96
볼리비아 코로이코

인류에게 축제를 허하라 • 106
고대 바빌로니아부터 브라질 삼바 카니발까지

음악, 사람, 풍경이 '삼위일체'를 이룬 도시 • 118
쿠바 트리니다드

'황홀한 미로'에서 길을 잃다 • 130
쿠바 카마궤이

남아메리카는 아이들을 어떻게 대했는가 • 140
볼리비아, 페루, 에콰도르, 파라과이

2장 천 개의 베개가 나를 빛나게 했다

인류는 별을 좇던 이들의 후손이다 • 152
나미비아 테라스 팜

열기구 타고 구름 사이로, 환대의 나라에서 • 164
터키 카파도키아

차가운 맥주가 사무치게 그리워! • 176
라오스 퐁살리

잘못 든 길이 지도를 만든다 • 188
라오스 므앙씽

기묘한 이야기, 우돈타니 호텔에서의 하룻밤 • 200
타이 우돈타니

여행의 목적지는 길에서 만나는 풍경과 사람이다 • 212
타이 끄라비

3장 21세기의 체를 만나다

누구나 '델마와 루이스'가 되는 '영혼의 선착장' • 226
칠레 칠로에 섬

'모터사이클 다이어리' 루트에서 '21세기의 체'를 만나다 • 238
칠레 발디비아

'미술계의 채플린' 보테로가 만든 웃음의 광장 • 250
콜롬비아 메데인

가브리엘 마르케스가 사랑한 카리브의 항구도시 • 260
콜롬비아 카르타헤나

사막을 여행하는 히치하이커를 위한 안내서 1 • 270
페루 이카

사막을 여행하는 히치하이커를 위한 안내서 2 • 282
페루 나스카

길이 존재하는 한 영원한 이별은 없기에 • 292
남아메리카의 노매드랜드

에필로그 당신이 닿을 곳, 여행의 연금술 • 304

| 1장 |

걸어서 국경을 넘다

FZ HJ-31

사무치도록 그립다, 월경의 시간들
남아메리카의 국경들

'국경의 긴 터널을 빠져나오자 설국이었다.'

근현대 소설 중 최고의 첫 문장으로 꼽히는 가와바타 야스나리의 〈설국雪國〉 서두다. 일본은 섬나라니 아무리 긴 터널을 지나봐야 영토 안이지만, 막부가 다스리던 시절의 흔적이 아직 남아 '국경'으로 번역되곤 한다. 실상 '군'이나 '현'의 경계임에도 '국경'으로 번역하는 건, '국경'이란 단어가 더욱 큰 감흥을 불러일으키기 때문이리라.

팬데믹 시기를 견디는 동안 나는 '국경'이, 정확히 말하자면 '국경을 건너는 여행'이 너무나 그리웠다. 코로나19 바이러스로 인해 세계의 국경이 닫힌 날들을 보내야 했으니까.

각 나라의 국경을 통과할 때면 늘 설렜다. 낯선 땅에서 만나게 될 사람과 문화와 풍경에 대한 기대, 다른 언어를 사용하는 세계에서 어린아이처럼 될 수 있다는 건 늘 심장을 두근거리게 했으니까. 특히 한국전쟁 이후 일본 같은 섬나라와 다를 바 없어진 대한민국 출신 여행자에게 육로로 이어지는 국경들은 늘 흥미로운 대상이었다.

남아메리카를 여행하는 동안 참 많은 나라의 국경을 넘었다.

처음으로 볼리비아와 페루 사이 국경을 지날 땐 얼마나 어리둥절했던가! 볼리비아에서 석 달을 보낸 후 페루로 향하던 길이었다. 티티카카 호수 인근 코파카바나 마을에서 택시를 타고 볼리비아 출입국사무소로 갔다. 나는 페루의 국경 마을에서 다시 푸노(페루의 티티카카 호수 인접 도시)로 가는 버스를 탈 작정이었다. 통상 국경 마을엔 양국 출입국사무소가 맞붙어 있다. 근데 바로 곁에 있어야 할 페루 측 출입국사무소가 보이지 않았다.

"페루 출입국사무소는 어디에 있죠?"

출국 도장이 찍힌 여권을 돌려받으며 사무원에게 묻자 무심한 표정으로 내가 왔던 길의 반대편을 가리켰다. 결국 사내가 가리키는 방향으로 오르막을 올라야 했다. 언덕 정상에 아치형 문이 있었다. '설마 이 문이?' 맞은편 언덕 아래쪽에서 케추아족(페루와 볼리비아에 사는 아메리카 원주민) 할머니가 올라오고 계셨다.

"할머니, 그쪽이 페루인가요?"

"응, 페루야!"

"할머닌 지금 어딜 가시는데요?"

"아랫마을 친구 집에 들렀다가, 내 집으로 돌아가는 길이야."

'아랫마을 친구 집'은 페루에 있고, '내 집'은 볼리비아에 있다! 너무나 태연한 대답에 아연했다. 따지자면 다른 나라지만, 한 마을이나 다를 바 없었다. 마을 가운데를 지나는 도로 위에 아치문이 덩그러니 서 있을 뿐이다. 언덕을 내려가자 페루 출입국사무소가 나타났다.

함부로 국경을 넘는지 어쩌는지 감시하는 이도 없었다. 출입국 절차도 없이 페루나 볼리비아에서 한 시절 보낸 후, 이동을 해도 모를 판이었다.

페루에서 그런 친구를 만났다. 쿠스코에서 만난 브라질 출신 여행자 가비는 자신이 불법체류자 신분이라고 고백했다. 여권 자체가 없었다. 그녀는 브라질 국내여행 중 히피들을 만났고, 페루로 향하는 그들과 헤어지기 싫어서 출입국 절차를 거치지도 않은 채 국경을 통과했다. 남아메리카 면적의 절반가량을 차지하는 브라질의 국경들, 한국이나 미국처럼 국경을 가로막는 철책이나 장벽이 있는 것도 아니니 밀입국이 어려운 일도 아니었다. 물론 페루 경찰이 검문이라도 하면 추방될 신분이었다. 그러나 온갖 여행자로 들끓는 쿠스코에서 경찰이 그녀만 콕 집어 검문할 리는 없지 않은가. 가비는 불법체류자로 두 달가량 페루를 여행한 후, 왔던 길을 되짚어 브라질로 돌아갔다.

뜻하지 않게 나 또한 불법체류자가 되기도 했다.

파라과이 무역도시인 시우다드델에스테는 브라질과 국경이 접해 있다. 저렴한 가격에 공산품을 구입할 수 있는 자유무역도시다. 칠레 여행 중 휴대폰을 소매치기당한 터라 새 휴대폰을 구입했다. 며칠을 더 묵은 후 브라질 쿠리치바행 밤 버스에 올랐다. 해 뜰 무렵 목적지에 닿았다. 터미널을 빠져나오는데 뭔가 이상했다.

'파라과이에서 브라질로 왔는데, 왜 출입국 절차가 전혀 없지?'

브라질인이 파라과이의 자유무역도시 시우다드델에스테를 오갈 땐 출입국 절차 자체를 생략한다는 걸 뒤늦게 알았다. 버스운전사는 나 또한 브라질인으로 여기고 출입국사무소에 들르지도 않은 채 내달렸던 거다. 나는 졸지에 불법체류자가 되고 말았다. 다행히 쿠리치바에 지인이 있었다. 사정 얘길 했다. 그는 경찰서를 방문하면 간단히 해결될 거라고 했다. 친구를 대동하고 경찰서로 갔다. 담당자와 얘기를 나누던 친구가 얼굴을 찡그렸다. 분위기가 심상찮았다.

"무슨 일이니? 여기선 해결 안 되니?"
"해결은 되는데 돈을 달래."
"얼마? 왕복 버스비 정도면 내는 게 낫지."
"300달러. 도둑놈 같으니라고! 그냥 나가자."
"내가 불법체류자란 걸 이미 알았잖아?"
"상관없어."

경찰은 불법체류자인 나를 붙잡지도 않았다. 단지 뒤통수에 대고 한마디 했을 뿐이다. 내 친구가 통역해준 내용은, "그 돈 내기 싫으면 왔던 나라로 돌아가든가!" 결국 왔던 곳(?)으로 향했다. 물론 출입국 절차도 밟지 않은 채로 한 달 넘게 보낸 후였다. 아직 파라과이 무비자 체류 기간(90일)이 남아 있으니 다시 파라과이로 돌아가기만 하면 그만이라고 생각했다. 아니었다. 파라과이 출입국사무소에서 브라질 출국 도장이 없으니 입국시킬 수 없다고 했다. 오지도 가지도 못하는 신세가 되고 말았다. 결자해지, 복잡한 난제를 해결한 건 브라질 운전사였다. 나 때문에 출발이 늦어지자 버스운전사가 출입국사무소 밖으로 나를 불러냈다. 그는 내 여권과 함께 20달러를 챙겨 조용히 사라지더니 잠시 후 다시 나타났다. 파라과이 입국 도장이 찍힌 내 여권을 가지고.

내가 경험한 가장 이상한 국경은 우루과이와 브라질 사이였다.

우루과이의 푼타델디아블로를 출발해 국경도시 추이로 들어서기 직전 버스가 우루과이 출입국사무소에 들렀다. 출국 도장을 받고 다시 버스에 올랐다. 곧 추이 버스정류장에 닿았다. 갈아타려니 타임테이블에 브라질행 버스가 전혀 보이지 않았다. 현지인에게 물으니 브라질 버스는 브라질 가서 타라고 했다.

"어디로 가면 되나요?"
"어디긴, 길 건너면 브라질이야!"

상점가를 사이에 두고 왕복 4차선 도로가 놓여 있었다. 중앙분리대를 대신하듯이 4차선 도로 가운데 가로수와 벤치가 길게 늘어서 있었다. 그게, 국경이었다. 도로 중앙을 경계로 이쪽은 우루과이, 저쪽은 브라질. 양쪽 나라를 오가는 사람들을 제지하는 건 건널목의 빨강 신호등뿐. 곧 파란불이 들어왔고 나는 국경(?)을 넘었다.

만약 남아메리카 여러 나라를 지나는 아마존 강 따라 뱃길로 국경

을 넘나들 때는 어떨까? 브라질 아마존 지역의 최대 도시인 마나우스에서 페리를 타고 일주일이 지난 후 콜롬비아, 페루와 만나는 삼각지대에 닿았다. 나는 아마존 강을 따라 페루로 진입해 이키토스로 갈 작정이었다. 근데 선착장을 아무리 둘러봐도 브라질 출입국사무소가 없었다. 현지인에게 물었더니 주소를 적어줬다. 걸어갈 수 있는 거리가 아니었다. 말하자면, 부산항에 도착한 외국인에게 김해공항까지 가서 출입국 절차를 밟으란 식이었다. 결국 나는 택시를 타고 도심의 출입국사무소를 왕복해야 했다. 아마존 선착장에서 다시 보트를 타고 강 건너편 페루로 갔다. 입국 도장을 받았다. 그런데 페루 측 선착장엔 이키토스로 가는 페리가 보이지 않았다. 아마존 한가운데 닻을 내리고 있으니, 보트를 대절해서 타러 가라나!

택시나 보트처럼 양국의 출입국사무소를 오가는 교통수단이라도 있다면 감사할 일이다.

아르헨티나의 명산 피츠로이 트래킹을 다녀온 후 칠레 국경을 넘을 때였다. 아르헨티나에서 가장 유명한 40번 도로를 따라서 로스 안티구오스 버스터미널에 새벽 6시 무렵 닿았다. 1시간 반을 기다려 국경으로 가는 첫 차에 올라탔다. 아르헨티나 출입국사무소에 도착했지만 24시간 돌아가는 국제공항도 아닌 터라 사무소 문이 닫혀 있었다. 담당자가 출근할 때까지 추위를 견디며 밖에서 벌벌 떨었다. 해가 뜨고 한참 후에야 출국 도장을 받을 수 있었다. 그리고,

"칠레 출입국사무소는 어디죠?"
"여기서 7~8킬로미터는 더 걸어가야 해."
"오가는 차량은 없나요?"
"그쪽에서 손님이 차야 출발할 테니 언제쯤 올지 몰라. 오늘 오긴 오려나?"

결국 걸어서 국경을 넘어야 했다. 안데스 산맥을 따라 솟구친 설산 사이의 길을 하염없이 걸었다. 마치 '출입국사무소'란 성지를 찾아가는 '순례자'라도 된 기분이었다. 빙하가 녹아서 생긴 호수 쪽에

서 얼음기 머금은 찬바람이 계속 불어와 얼굴을 마구 때렸다.

그날 외에도 국경을 지나며 힘든 순간들이 참 많았다. 그러나 팬데믹 시기엔 그마저도 그리웠다. (대다수) 인류가 국경을 벗어나지 못한 채 자국에서만 시간을 보낸 건 국외여행이 일상화된 이래 처음 있는 일이었으니까. 코로나19 바이러스가 지배하는 왕국(코로나란 단어가 '왕관'에서 오지 않았던가)을 빠져나오기까지 터널이 이토록 길 줄은 몰랐다.

팬데믹의 긴 터널을 빠져나오자, 인류는 힘껏 포옹을 나눴다.

지구에서 가장 하얀 사막에 비가 내리면

브라질 렌소이스

지구 밖에서 지구를 바라보곤 한다. 아마존 창업자인 제프 베이조스나 버진그룹 회장인 리처드 브랜슨 같은 억만장자는 아니기에, 나는 우주로 나갈 때 저렴한 '구글어스'에 탑승한다. 모니터 화면을 보며 조종간을 잡듯 마우스에 손을 얹으면 발사대 위에 올라선 셈이다. 검지로 마우스 휠을 드르륵 끌어당긴다. 순식간에 지구 밖으로 튕겨 올라간다.

우주 한가운데 푸른 구슬 같은 지구는 정말 아름답다.

'지구地球' 혹은 '디 어스The Earth'는 '둥근 땅'이란 의미다. 지구 표면의 70%가 물로 뒤덮여 있는데도, 우리가 사는 이 행성을 땅이라 부르는 건 바다 밑으로 내려가면 결국 땅이기 때문이다. 땅은 아주 다양한 물질로 뒤덮여 있다. 나무, 풀, 암석, 자갈, 물 같은 자연물부

터 아스팔트, 콘크리트, 타일, 벽돌, 유리 같은 인공물까지. 다양한 물질들이 뒤죽박죽 지구를 뒤덮고 있지만, 모래사막처럼 아주 단순한 물질만으로 이뤄진 곳도 있다.

모래사막은 통상 노란빛을 띠지만 함유 성분에 따라 빛깔이 조금씩 다르다. 나미브 사막처럼 철분이 많은 사막은 붉고, 석영 모래로 이뤄진 사막은 희다. 지구에서 가장 하얀 모래사막은 브라질에 있다. 렌소이스 마라넨시스 국립공원. 수정(水晶)과 성분이 같은 석영 모래로 이뤄진 사막에 바람이 불면 모래알에 붙은 불순물이 떨어져 나가면서 밝은 순백으로 변한다. 포르투갈어로 렌소이스는 '리넨' 혹은 '침대보'를 가리킨다. 하얀 모래언덕이 물결치는 사막의 풍경은 '누군가 방금 침대를 빠져나간 듯한 하얀 시트'를 연상시키기에.

렌소이스는 서울 면적의 2.5배에 달하는 넓이로 겉모습만 보면 사막이지만, 공식적으론 사막에 해당하지 않는 이상한 공간이다. 매년 6개월에 걸쳐 사막 기준(연간 강수량 250밀리미터)을 훌쩍 넘는 비가 내리기 때문이다. 비가 오면 모래언덕들로 둘러싸인 호수가 생기고 그 수는 수천 개로 불어난다. 새하얀 모래 사막 한가운데 푸른 꽃잎 같은 호수들이 점점이 내려앉은 풍경은 영화 〈어벤져스〉 시리즈의 감독을 사로잡았고, 타노스가 '소울스톤'을 찾으러 간 보르미르 행성의 배경이 되었다.

헐리우드 영화 촬영지로 알려지면서 관광객이 더욱 늘긴 했지만, 방문객은 연간 10만 명 정도에 불과하다. 리우데자네이루나 상파울루에서 여정을 시작한 외국인 관광객이 드넓은 브라질 북쪽 끝에 자리한 렌소이스를 찾아가기란 쉽지 않다. 심지어 숙박지로 삼을 도시 바헤이리냐스는 별다른 볼거리가 없는 곳인데다가, 렌소이스 사막까지 가려면 자동차 바퀴가 모래나 물웅덩이에 빠지기 일쑤라서 차에서 내리고 타기를 반복해야 하니까. 나는 그 불편에 감사했다. 오가는 길이 편했더라면 21세기 최대 블록버스터 영화 시리즈의 촬영지 주변은 우후죽순 난개발로 들어선 숙박업소와 술집과 상가들로 엉망이 되었을 테니까.

바헤이리냐스에 숙소를 잡은 후 아침 일찍 사륜구동 투어 차량에 올라탔다. 도심을 벗어난 지 얼마 지나지 않아 강을 건넜다. 브라질

내륙에서 대서양으로 흐르는 파라나이바 강이었다. 우거진 숲을 지나는 동안 물웅덩이에 빠지길 여러 차례, 평평한 공터에 이르러 차가 멈췄다.

"다들 내리세요!"

여행안내인 루안이 소리쳤다. 라고아 보니타(포르투갈어로 '아름다운 호수'란 뜻) 정류장이었다. 승객들이 모두 내리자 루안이 숲 사이로 난 모랫길을 가리켰다. 나는 투어 여행자들과 함께 급경사의 오르막을 올랐다. 그 꼭대기에 서는 순간, 지나온 길의 초록빛 숲과 딴판인 풍경이 펼쳐졌다. 눈 닿는 끝까지 펼쳐진 하얀 사막과 그 사이를 구르는 푸른 구슬 같은 호수들. 천천히 뒤따라온 루안이 말했다.

"1월에서 6월 사이에 비가 내리면, 모래언덕 사이 움푹한 곳마다 물이 차올라 호수가 돼. 수심 3미터가 넘기도 하지. 7월부턴 다시 호수가 차츰 마르기 시작해. 우린 수영하기 좋은 라고아 보니타로 갈 거야."

하얀 모래 능선을 따라 800미터가량 걸어가자 모래언덕으로 둘러싸인 호수가 내려다보였다. 먼저 온 여행객들이 수영복 차림으로 물놀이를 하고 있었다. 나도 호수로 달려 내려가 물속으로 첨벙 뛰어들었다. 가슴팍 정도의 적당한 깊이, 평평하고 보드라운 모래 바닥, 이건 뭐지? 그 자체로 천연 풀장이었다. 물 위에 둥둥 뜬 채 사방을 둘러보면, 보이는 거라곤 새파란 하늘과 하얀 모래 언덕뿐! 너무 비

현실적인 공간이라 믿기지 않았다.

“이 식물은 우기에만 볼 수 있어. 호수가 마르면 얘들도 사라지지.”

한바탕 물놀이를 즐긴 후 루안 곁에 앉자, 그가 모래 속에 뿌리를 내린 식물을 가리키며 말했다. “식물 말고 다른 생물체도 사니?” 내가 물었다. 질문을 기다렸다는 듯 루안이 눈을 반짝였다.

"여긴 사람들이 많아서 볼 수 없지만 다른 호수에선 개구리도 볼 수 있어. 보통 1센티미터, 다 자라도 3센티미터. 아주 희귀종이야. 엄지 위에 올라앉을 정도로 작지."

"우와, 그렇게 작은 개구리가 있단 말이야! 또 다른 동물도 있니?"

"거북이랑 물고기도 있지."

"건기로 접어들면 호수들이 모두 사라진다며?"

"호수가 사라지면 물고기도 죽지. 그렇지만 모래 밑 지하수와 잇닿는 곳에 물고기들이 알을 낳아. 그리고 반년 뒤 비가 오면 부화하는 거야. 거북이도 잠에서 깨어 모래에서 다시 기어나오지."

"놀랍구나! 걔들은 모두 어디에서 왔대?"

"큰비가 올 때면 수천 개의 호수가 서로서로 이어져 서쪽의 파라나이바 강에서 동쪽의 대서양에 닿기도 해. 아마 그때 강이나 바다에서 흘러들어온 녀석들의 후손일 거야."

렌소이스 사막의 생명체는 마치 아베 코보가 〈모래의 여자〉에서 언급했던 것처럼 '강한 적응력을 이용하여 경쟁권 밖으로 벗어난 생물들'일 것이다. 나는 동식물뿐 아니라 렌소이스 사막에 그런 사람들도 사는지 궁금했다.

"사막 가운데 마을이 있긴 해. 원래 바닷가에 살았던 어부들이 오아시스를 발견하고 사막으로 들어가 살기 시작했어. 백 년도 넘었을 거야. 연중 물이 솟고, 오아시스 주변 숲이 폭풍을 막아주지. "

"그들은 호수의 물고기를 잡아서 먹고사니?"

"아니, 대서양 연안에 물고기 떼가 찾아오는 우기 때 바다로 가서

고기를 낚아. 건기 동안 먹을거리를 우기 때 미리 장만해두는 거야."

"그 오아시스 마을까지 차가 다니니?"

"이곳엔 차가 다닐 수 없어. 차 바퀴가 모래 속 생물들을 깔아뭉개면 안 되니까. 사막 트래킹 투어에 참여하면 걸어갈 수 있어. 오아시스 나무 사이에 매단 해먹에서 하룻밤 자고 오는 거지!"

모래언덕 위로 올라가 오아시스가 있다는 먼 북쪽을 바라보았다. 그러나 건너편 더 높은 모래언덕에 가려 그 너머를 볼 수 없었다. 나는 기다시피 해서 맞은편 모래언덕 꼭대기까지 올랐다. 둘러봐도 여전히 하얀 사막과 푸른 호수뿐 시선 닿는 끝까지 마을은 보이지 않았다.

그 어디에서도 이정표를 찾을 수 없는 사막은 모래로 된 미로 같기도 했다. 길 없는 사막에도 지도 같은 게 존재할 수 있으려나? 그 순간 언젠가 읽었던 잠언이 떠올랐다. '아무리 훌륭한 지도가 있을지라도, 본인이 어디에 있는지 모른다면 소용이 없다.' 그랬다. 세상에 널리 알려진 경전이나 현자의 말씀이 우리가 나아갈 삶의 지도 역할을 할 수도 있겠지만, 본인이 지금 어디에 있는지 모른다면 그 지도가 무슨 소용이랴. 나는 지금 어디에 있는가?

백색 미로 속에서 길을 잃기 전에 다른 관광객들이 행복한 비명을 질러대고 있는 라고아 보니타로 돌아왔다. 모래 가운데 생겨난 호수는 마치 도시의 놀이공원 같았다. 하긴 우리가 사는 도시도 모래로 쌓아 올리긴 마찬가지지! 도시인은 모래로 만든 '콘크리트' 빌딩에서 일하고, 모래로 만든 '아스팔트' 도로를 지나, 모래로 만든 '콘크리트' 집에서 머물며, 모래로 만든 '유리' 창문 너머로 바깥을 보고, 모래로 만든 '유리' 현미경으로 세포를 관찰하고, 모래로 만든 '유리' 망원경으로 우주를 본다.

물과 공기를 제외하면 인류가 가장 많이 사용하는 천연자원은, 모래다. 건축용 자재나 유리뿐 아니라 반도체 칩, 스마트폰 액정, 실리콘 등 모래의 변신이 너무나 신묘하기에 잊고 지낼 뿐. 컴퓨터, 콘크리트, 아스팔트로 만들어진 대도시를 상기하면 인류가 이룩한 현대

기술문명 자체가 사막과 다를 바 없는 '사상누각'이다.

해가 기울었다. 젖은 몸을 닦고, 도시라는 사상누각으로 돌아갈 준비를 했다. 내가 모래와 숲의 경계에 서서 일몰을 바라보는 사이, 루안이 호수에 남아 있던 관광객을 이끌고 돌아왔다. 사륜구동 투어 차량이 부르릉 출발했다. 덜컹덜컹. 차 안에서 무심코 무릎의 맨살을 쓰다듬었다. 모래가 묻어났다. 다 털어낸 줄 알았는데 가루 같은 알갱이가 붙어 있었다. 나는 작디작은 모래알을 손가락으로 만지작거리며 윌리엄 블레이크의 시를 떠올렸다.

한 알의 모래에서 세상을 보고
한 송이 들꽃에서 천국을 보라
그대 손바닥 안에 무한을 쥐고
찰나 속에서 영원을 보라

우주에서 지구를 내려다보며 렌소이스 마라넨시스를 찾는 건 그다지 어렵지 않다. 남아메리카 대륙의 아마존과 대서양 사이 '하얀 모래 위에 호수가 점점이 박힌 모습'은 구멍 숭숭 난 산호처럼 보인다. 더 멀찍이서 보면 마치 해안선에 떨어진 하얀 새나 흰나비의 왼쪽 날개 같다. 반대편 날개는 어디에 있을까, 나는 어린아이 같은 질문을 떠올리다가 혼잣말을 한다.

'그건 당신의 등뼈 오른쪽 위에 얹혀 있을지도 몰라.'

해변도시 파라치엔 '황홀한 유산'이 있다
브라질 파라치

"유산을 얼마나 많이 상속받았기에 여태껏 여행을 다니는 거야?"

지인이나 지구 둘레길에서 만난 벗들이 종종 묻곤 한다. 대충 얼버무리곤 했는데, 어쩌다 정색하고 물으면 솔직히 털어놓는다. "평생 누려도 다 누리지 못할 유산을 물려받았어." 심지어, 물려받은 유산조차 매년 자꾸 불어나 죽을 때까지도 다 누리지 못할 정도인 걸 어떡하랴!

"흠, 대체 얼마쯤 되는데?"

구체적인 '액수'까지 대라고 다그치면 마지못해 대답한다. "대략 천 개가 넘어." 금액이 아니라 개수로 대답하자 질문한 쪽에서 멈칫했다가 되묻는다.

"너 설마, 비트코인을 천 개나 가진 거야?"

십여 년 전 단돈 만 원으로 비트코인 천 개를 살 수 있었다고 하더라만 나처럼 덜떨어진 인간이 그런 걸 알았을 리 있나? 내가 조상으로부터 천 개 이상 물려받은 건 비트코인이 아니라, 유네스코 세계유산이다.

유네스코 세계유산은 크게 문화유산, 자연유산, 복합유산으로 나뉜다. 1972년 댐 건설로 수몰 위기에 처한 고대 누비아 유적을 보호하기 위해 '세계 문화 · 자연유산 보호협약'을 만들면서 유네스코 사업이 시작되었다. 현재까지 유네스코가 지정한 세계유산은 1,199개(2024년 기준). 그중 다수는 건축물이나 유적지 같은 '문화유산'이 933개, '자연유산'이 227개, 복합유산은 드물지만 39개가 있다. 자연유산과 문화유산의 요건을 동시에 충족하는 페루의 마추픽추, 튀르키예의 카파도키아가 대표적 복합유산이다. 가장 최근에 유네스코 복합유산으로 선정된 사례는 2019년 브라질의 '파라치와 일랴그란지 섬'이다.

불안한 치안, 높은 범죄율로 악명 높은 리우데자네이루에서 3주간 머물렀다. 코파카바나 해변을 찾은 한국인 여행자가 카메라를 뺏기지 않으려다가 폭행당했다는 소식을 들은 게 보름 전, 관광명소 셀라롱 계단을 방문한 한국인 여행자가 스마트폰을 뺏기지 않으려다가 폭행당한 소식을 들은 게 일주일 전. 막상 내가 겪은 사고는 아니었지만, 잦은 사건 소식들로 피로가 쌓일 무렵이었다. 브라질의 플로리파에서 여행사를 운영하는 친구 치아구에게서 전화가 왔다.

"아직도 리우에 있어?"

"응. 다음 주에 다른 도시로 옮길까 해. 어젯밤 저녁식사하고 숙소로 오다가 불량배들을 만났어. 정말 운 좋게 벗어나긴 했는데 이젠 좀 지치네."

"그럼 파라치로 가봐. 그곳은 안전하고 아름다워. 물놀이하기에도 좋은 도시야!"

그래서 짐을 싸고 파라치행 버스에 올랐다. 동해안 7번 국도 같은 코스타베르지(푸른 해변)를 지나는 동안 창밖으로 청옥색의 바다가 찬란하게 반짝였다. 리우와 상파울루 사이에 있는 파라치까진 4시간, 도착 후 버스터미널 근처에 자리한 호스텔에 짐을 풀었다.

"올드타운은 어느 쪽이죠?"
"큰길로 나가서 동쪽으로 5분만 걸어가면 돼!"

호스텔 주인장의 안내대로 차도를 따라가자 파라치의 명소 올드타운이 나타났다. 아스팔트 도로가 끝나고, 조약돌 길이 시작되는 곳. 하얗게 칠한 건물의 외벽, 빨간색, 파란색 등등 색색으로 칠한 대문들, 노랗게 빛나는 가로등. 해가 저물자 상점들마다 불이 환히 켜지고 해변에서 돌아온 관광객들이 식당과 술집을 찾아서 혹은 쇼핑을 하기 위해 파라치 역사지구로 하나둘 모여들었다. 조약돌 길옆으로 늘어선 고풍스러운 집들과 아기자기한 수공예품으로 가득한 가게들.

역사지구에 들어선 지 30분도 되지 않아 나는 완전히 매료되고 말았다. 식사하러 나온 것도 잊은 채 황홀한 골목에 취해 걸었다. 걷다 보니 강의 하구였다. 다리 위에서 보름달이 떠오르는 바다를 바라보는 사이 밀물이 차츰차츰 강을 향해 차올랐다.

"파라치는 투피족 언어로 '물고기 강'이란 뜻이야. 지금도 브라질 숭어는 대서양에서 일생을 보낸 후 알을 낳기 위해 파라치의 강으로 돌아오지."

리우를 떠나기 전 치아구가 들려준 얘기가 생각났다. 그는 파라치의 지난 역사를 차근차근 들려주었다.

"포르투갈 출신의 프리메이슨들이 파라치에 도시를 세운 건 350년 전이야. 30년쯤 지나 미나스제라이스 지역에서 금광이 발견되었지. 지구상에서 가장 거대한 금광이었어. 그야말로 엘도라도였지! 황금을 리우와 본토로 옮기기 위한 선박들이 오가면서 파라치는 전성기를 맞았어. 항구가 번성하자 금을 탈취하려는 해적도 몰려들었지. 그래서 황금을 리우로 안전하게 옮기기 위한 도로를 놓았어. 이후 파라치는 쇠퇴하기 시작했어. 그리고 금이 완전히 바닥나자 버려진 도시가 되고 말았지."

그랬던 도시가 어떻게 관광명소가 된 걸까?

"카샤사(사탕수수에서 추출한 증류주로, 브라질 대표 칵테일 카이피리냐의 기초가 되는 술)를 생산하면서 잠깐 경기가 나아지긴 했지. 그렇지만 더 이상 도시가 아니라 물고기 낚고 사탕수수 농사나 짓는 깡촌에 불과했어. 그러다 1970년대에 산투스와 리우를 잇는 포장도로가 놓였어. 도시에서 차를 몰고 온 사람들이 파라치를 재발견했어. 포르투갈 식민지 시절의 건물과 성당이, 조약돌 깔린 골목들이 그대로 남아 있는 해변 도시를!"

세상 사람들에게 잊힌 덕분에 옛 건물과 길을 고스란히 간직할 수 있었던 파라치는 브라질의 관광명소가 되었다. 상파울루에서 330킬로미터, 리우에서 240킬로미터, 도시인이 주말 나들이 삼아 방문하기에 적당한 거리였다. 파라치에선 원도심을 역사지구로 지정한 뒤, 찾아오는 손님들이 고풍스러운 골목의 흥취를 맘껏 누릴 수 있도록 차량통행을 막았고, 보행자 거리의 상인들은 가게를 저마다 아기자기하게 꾸몄다. 관광객들은 낮 동안 해변에서 해수욕을 즐기다가 해

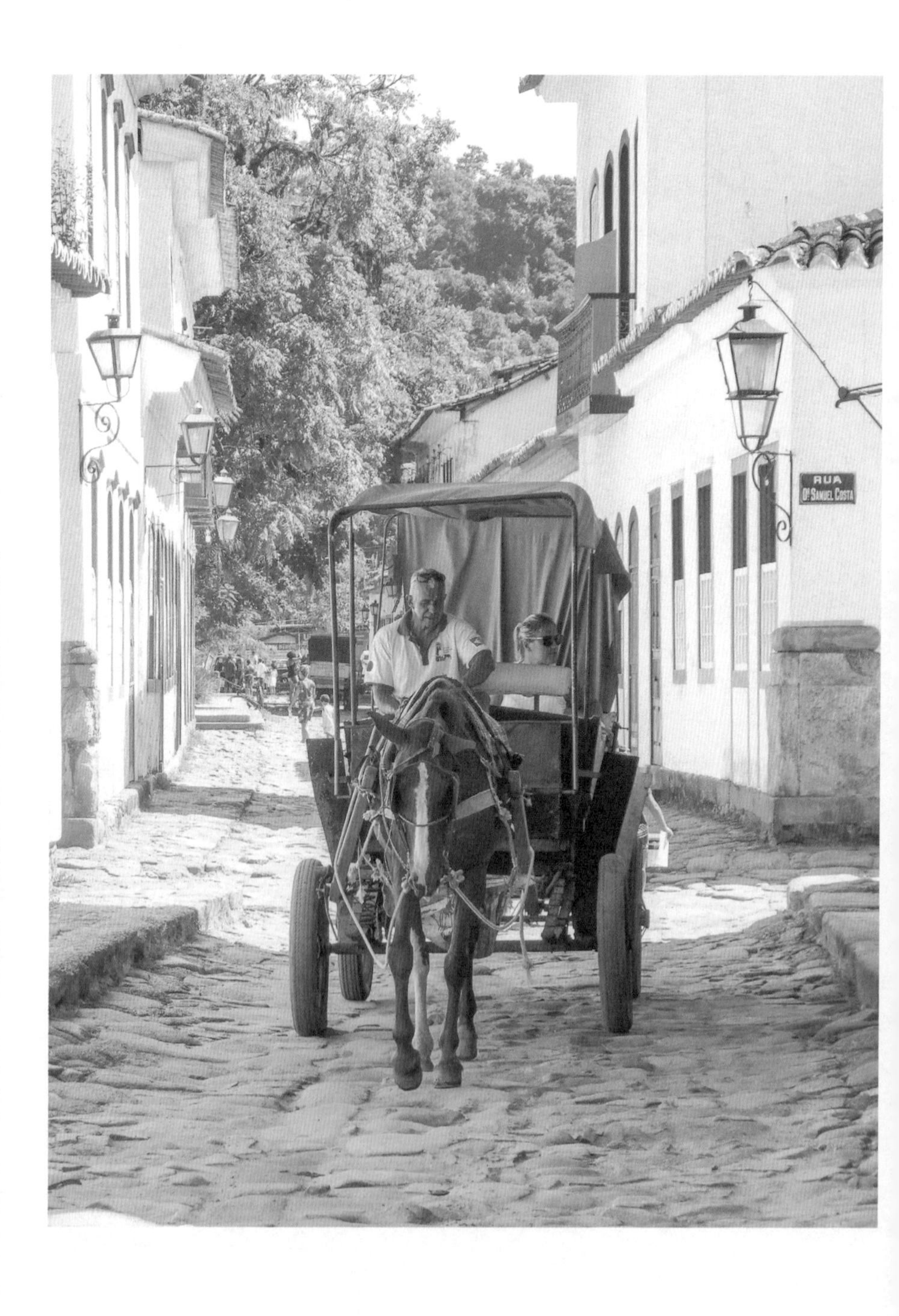
RUA
Dr. SAMUEL COSTA

가 저물면 올드타운의 골목을 쏘다녔다. 입소문이 점점 퍼지면서 톰 크루즈, 믹 재거 등 유명인들까지 찾아왔고 영화 〈트와일라잇〉 시리즈에선 주인공들의 신혼여행지로 등장하기에 이르렀다.

아무리 아름다운 골목일지라도 걷기만 하니 허기가 지는구나! 중앙광장 곁길 가운데 테이블을 놓은 식당에 앉았다. 보행자 전용 거리니 가능한 풍경이었다. 주문한 요리를 내려놓는 종업원에게 슬쩍 물었다.

"푸에데 아블라 에스파뇰?"(스페인어 할 줄 아니?)
"응!"
궁금한 걸 물어볼 수 있어서 다행이었다.
"차량통행을 막으면 크고 무거운 물건이나 식재료는 어떻게 가져와?"
"내가 다 짊어지고 들고 와."
"뭐라고?"
"하하하, 농담이야! 하하하. 손수레로 옮기거나 요일 정해서 차량을 허용하면 되지. 주말 여행객들이 떠나고, 가장 한산한 수요일 낮엔 입구를 열어."
"불편하지 않아?"
"대신 여행자들이 편안하게 길을 걸을 수 있잖아!"

저녁식사 후 해변까지 산책하는 동안 곳곳에서 프리메이슨의 기호가 새겨진 기둥과 집들을 발견할 수 있었다. 주로 파란색과 흰색

으로 칠해져 있었다. 그들은 유럽에서 계몽주의자라는 이유로, 혹은 이단이란 이유로 박해받았고, 그들 중 일부는 아메리카 대륙으로 넘어와 도시를 세웠다. '33'을 최고의 숫자로 여겼기에 도시를 33개 블록으로 나누고, 프리메이슨 문양을 새긴 건물을 곳곳에 지었다. 파라

치의 골목을 거니는 사이 가게들이 하나, 둘 문을 닫기 시작했다.

아, 지난 한 달 동안 브라질의 밤거리를 걸으며 이토록 편안했던 적이 있었던가!

다음날 아침 해수욕을 하러 나섰다. 파라치 해안 곳곳에 육로가 닿지 않는 누드비치가 있고 보트가 오간다고 하던데… 나는 마을버스를 타고 관광객이 가장 많이 찾는 트린다지 해변으로 갔다. 이색적인 해변이 있다고 했다. 30분쯤 지나 버스가 섰다. 피서객들로 가득한 백사장을 지나쳐 우거진 오솔길을 지나자 독특한 공간이 나타났다.

큼직큼직한 갯바위들이 해안을 감싸고 그 바위들이 둘러싼 가운데는 그 자체로 천연 풀장이었다. 깊은 곳이라고 해봐야 가슴팍쯤, 수정처럼 맑은 바닷물 사이로 색색의 열대어가 오갔다. 물속으로 잠수하거나 헤엄치다가 지치면 나무 그늘 아래서 쉬었다. 분명 맹그로브는 아닌데, 어떻게 물가에서 나무가 자라는 걸까?

한낮엔 해변에서 놀고 저녁마다 역사지구로 외출했다.

내리쬐는 햇볕을 가릴 차양모와 기념품도 하나, 둘 사 모았다. 상점마다 공산품이 아닌 독특한 수공예품들이 가득했다. 파라치의 골목을 거닐며 가게들 안으로 들락날락하는 건, 마치 초대형 야외 미술관의 전시실들을 차례차례 드나드는 기분이었다. 아름다운 자연 풍광을 누리는 것 못지않게 아름다운 골목을 누리는 것 또한 커다란 기쁨임을 만끽하던 나날들. 만약 파라치의 원도심을 부숴 철근콘크리트로 빌딩을 짓고, 조약돌 위에 아스팔트를 깔아서 길을 놓았더라면, 지금의 파라치는 존재하지 않았으리라.

아름다운 도시를 만들 수 있는 가장 쉬운 방법이 뭘까?

그건 어쩌면 도시나 마을에 더 많은 '보행자 전용 거리'를 만드는 것일지도 모르겠다. 가령 차량 운전자나 차량 안의 승객들은 골목을 무심히 지나치고 거리의 사물을 꼼꼼히 보지도 못하고 볼 수도 없다. 사소한 아름다움을 음미할 보행자가 적은 골목이나 거리에선 시간이 지날수록 상점의 간판만 커진다. '진짜 원조'. 커다란 간판으로도 모자라 유리창을 온통 호객용 활자로 채우기까지 한다. '파격 세일'. 그런 거리에서 아름다움을 느낀 적이 있는가?

그와 달리 보행자 전용 거리에선 시간이 쌓일수록 예쁜 골목이 자연스레 형성되곤 했다. 세계 곳곳에서 나는 그런 변화를 수없이 목격했다. 보행자 거리의 상인들은 저마다 타고난 미적 감각으로 자기 가게와 골목을 꾸미는 데 공을 들였고, 그렇게 형성된 골목으로 관광객들이 찾아와 소소한 아름다움에 감탄할 때, 뿌듯해하며 기뻐했다.

세월이 흐른 후 그렇게 만들어진 도시와 마을과 골목들이 또 다른 '유네스코 문화유산'이 될지 누가 알겠는가? 언제나 미래로 흘러가는 시간을 생각하면, 지금 한국의 모든 도시와 거리가 유네스코 세계유산 '예정지'다. 다음 세기의 한국인이 이렇게 말할 수 있으면 참 좋겠다.

"운 좋게도 평생 누려도 다 누리지 못할 유산을 물려받았지!"

이구아수, 거대 폭포의 향연을 '추앙하라'
브라질과 아르헨티나

최초로 이구아수 폭포를 봤던 때를 떠올린다.

지구라는 행성에 너비 2.7킬로미터에 이르는 폭포가 존재한다는 사실을 몰랐던 시절, 가톨릭 사제가 십자가에 묶인 채 폭포 아래로 하염없이 추락하는 장면이 담긴 영화 포스터와 마주쳤다. 1986년 칸 영화제 황금종려상을 받았던 작품이자, 바티칸이 꼽은 '위대한 영화 45편' 중 하나인 〈미션〉이었다. 남아메리카 대륙을 배경으로 한 영화는 성경의 한 문장으로 끝을 맺었다.

"어둠이 빛을 이겨본 적이 없다."

그럼에도 불구하고 '세상이 우리를 내버렸다는 생각이 들 때'가 있다. 그럴 때, 안도현 시인은 〈모항〉이란 시에서 "너는 비록 지쳤으나 승리하지 못했으나 그러나, 지지는 않았지"라고 위로하며 변산반도에 자리한 '모항'을 찾아가라고 했다. 또는 "어디에 갇혔는지는 모르겠는데, 꼭 갇힌 것 같아요. 속 시원한 게 하나도 없어요. 갑갑하고, 답답하고, 뚫고 나갔으면 좋겠어요." TV 드라마 〈나의 해방일지〉 중 염미정 같은 심정이 될 때도 모항을 찾아가는 게 좋겠지. 그러나 나는 그런 기분이 들 때면 이구아수 폭포를 떠올린다. 갑갑하고 답답한 감정 혹은 시름과 분노까지 한꺼번에 씻어주겠다는 듯 쏟아지는 거대한 물줄기를!

이구아수 폭포를 실물로 본 건, 영화 〈미션〉 이후 꽤 오랜 세월이 지난 후였다. 이구아수 강이 시작되는 쿠리치바에서 일주일을 보낸 뒤 강이 구불구불 1,300킬로미터를 흘러 파라나 강과 합류하는 '포스두이구아수'로 향했다. 파라과이, 아르헨티나, 브라질 3국의 국경이 접하는, '물의 삼각지'에 자리한 도시였다. 파라나 강을 건너면 파라과이의 시우다드델에스테, 이구아수 강을 건너면 아르헨티나의 푸에르토이구아수. 그래서 어떤 여행자들은 하루에 세 나라를 오가며 출입국 스탬프를 찍는다고도 했다.

포스두이구아수 도심에 숙소를 잡고 저녁식사 겸 산책에 나섰다. 낮동안 한적했던 시내가 일몰 후엔 관광객들로 가득 찼다. 하긴 리우데자네이루와 더불어 브라질에선 관광객이 가장 많이 찾는 휴양도시였으니까. 내외국인을 막론하고 이곳에 온 목적은 한결같았다. 이구아수 폭포를 보는 것!

세계 3대 폭포 중 하나로 꼽히는 '빅토리아 폭포'보다 높이는 20미터가량 낮고, 평균 유량은 '나이아가라 폭포'의 3분의 2 정도지만, 이구아수 폭포는 너비 2.7킬로미터로서 빅토리아 폭포(1.7킬로미터)와 나이아가라 폭포(1.2킬로미터)를 합친 너비에 육박할 정도다. 오죽하면 미국 루스벨트 대통령의 아내가 이구아수 폭포를 마주했을 때 내뱉은 탄식(오, 나의 불쌍한 나이아가라)이 지금껏 회자될 정도겠는가!

한 가지 흥미로운 건, 공인된 이구아수 폭포 너비가 2.7킬로미터지만, 한국에선 4.5킬로미터까지 늘어난다. 사정은 이렇다. 20세기 말 일본에서 출판된 〈외래어 사전〉에 이구아수 폭포 너비가 4.5킬로미터로 잘못 기재됐다. 한국에서 이를 번역·출판하면서 일본이 저지른 실수와 오류도 함께 넘어왔다. 일본은 나중에 자신의 실수를 바로잡았다. 한국에선 언론과 방송에서 이구아수 폭포를 너비 4.5킬로미터로 소개하기 일쑤였다. 엉터리 정보가 계속 쌓였다. 공인 너비와 축적된 오류가 공존하면서 '이구아수 폭포는 길이 2.7킬로미터, 너비 4.5킬로미터'라는 해괴망측한 해설까지 등장하기에 이르렀다. 현재 국립국어원의 〈표준국어대사전〉은 '폭 4킬로미터'라는 엉터리 정보를 싣고 있다.

아침 일찍 숙소를 나서 브라질령 이구아수 국립공원으로 향했다. 버스를 타고 가는 동안 나는 칠레에서 만났던 랄프를 떠올렸다. 독일 출신의 여행자 랄프는 대서양 횡단 선박에 지프를 싣고 남아메리카로 넘어왔더랬다. 자기 차를 운전하며 대륙을 여행했다. 때론 여행사의 손님들을 태워주며 소소한 돈을 벌기도 했다. 수중의 돈이 바

닥나자 가져온 차를 팔아서 여행을 이어갔다. 남아메리카에서 체류한 기간만 무려 8년이라고 했다. 그동안 얼마나 많은 곳을 가고 많은 것을 봤을까?

"마추픽추는 봤겠구나?"
"아니."
"그래도 이구아수 폭포는 봤겠지?"
"아니."

예상 밖 그의 대답에 나는 당황했다. 연이은 부정에 그 이유를 묻자 금세 답이 돌아왔다. "그곳들은 모두 관광지잖아!" 그러고선 랄프가 말을 이었다. "남아메리카 대륙엔 관광지 아니더라도 감흥을 주는 수많은 장소가 정말 많아. 그런데 관광객들로 둘러싸여 이렇다 할 감흥을 얻지 못할 게 빤한 곳을 굳이 값비싼 입장료까지 내면서 볼 필요가 있을까?"

그의 생각에 다소 수긍이 가긴 했다. 유명한 관광명소의 경우 수많은 영상과 사진으로 미리 접하기에 막상 현장에 가면 신선한 충격을 받기 어려운 게 사실이었다. 과연 이구아수 폭포는 어떨까? 이구아수 폭포 안내소에서 입장권을 사고 셔틀에 올랐다. 울창한 아열대 밀림을 지나 버스가 섰다. 나는 다른 관광객의 뒤를 따라 앞이 툭 터인 마당으로 향했다. 2단으로 떨어지는 폭포가 맞은편에 있었다.

사진과 영화로 본 덕분에 익숙할 대로 익숙해진 풍경이었다. 그러나 이구아수 폭포는 간접경험으로는 대체 불가한 장소였다. 직접 눈으로 보지 않으면 결코 느낄 수 없는 감흥이 온몸을 적셨다. 이구아수 폭포가 "날 추앙해! 사랑으론 안 돼, 추앙해!"라고 요구했다면 백 번, 아니 만번이라도 그러겠다고 대답했으리라.

오래전부터 이구아수 폭포 주변엔 아메리카 선주민이 살았다. 아프리카를 떠나 아메리카까지 이동한 인류의 후손 중 '거대한 물의 향연'에 도취해 눌러앉은 이였으리라. 미디어가 쏟아내는 이구아수 이미지를 수없이 접했던 현대인조차 이구아수 폭포와 직접 대면하면 압도당한다. 그러면 인류 최초로 이구아수 폭포를 마주한 이의 기분은 어땠을까?

이구아수 폭포는 인류가 가장 추앙해 온 폭포였다. 〈타잔〉, 〈007 문레이커〉, 〈미션〉, 〈해피투게더〉, 〈인디아나 존스〉, 〈블랙팬서〉에 이르기까지 백 년 넘도록 수많은 영화에 등장했을 정도로. 눈앞의 이구아수 폭포를 감상하며 '산타마리아 전망 플랫폼'으로 향했다. 영화 〈인디아나 존스: 크리스탈 해골의 왕국〉(2008)에선 '가상의 3단 폭포'가 등장한다. 먼저 존스 박사 일행이 한 번, 두 번 연달아 추락했던 장소가 내 앞에 나타났다. 세 번째 추락은 아르헨티나 영토에 해당하는 '악마의 목구멍'에서 촬영되었다.

이구아수 폭포는 대략 250개의 폭포들로 나뉜다. 현무암 바위들로 인해 강물의 줄기가 갈라지는데, 강의 수위에 따라 물길의 갈래가 줄거나 늘면서 폭포의 숫자도 줄거나 는다. 강의 수위와 상관없이 그 자태를 항시 유지하는 폭포는 이름이 붙었다. 산타마리아, 보세티, 산마르틴, 에스콘디도 등. 처음으로 거대한 폭포를 마주했던 유럽인 탐험가는 '산타마리아'라는 이름을 붙였다. 그랬지만 과라니어로 '거대한 물'을 뜻하는 '이구아수'가 일대의 모든 폭포를 포괄하는 이름으로 굳어졌다. '산타마리아'는 250여 개 폭포 중 일부를 가리키는 이름이 되었을 뿐이다.

산타마리아 플랫폼에서 물세례를 흠뻑 맞은 뒤 계단을 올랐다. 2층, 3층 계단을 오르며 난간에서 이구아수 폭포를 바라보는데, 영화 속 장면이 떠올랐다. 옷이 모두 흠뻑 젖은 채 폭포를 올려다보던 동양인 사내의 얼굴. 영화 〈해피투게더〉(1997)에서 보영(장국영)과 함께 아르헨티나로 온 아휘(양조위)는 남아메리카를 떠나기 직전 홀로 이구아수 폭포를 찾았다. 영화의 주요 배경이 부에노스아이레스니 아르헨티나령 이구아수 폭포에서 촬영되었으리라고 짐작했는데, 브라질령 이구아수 폭포에서 촬영한 장면이었구나. 캐러멜 라떼 같은 강물이 추락과 동시에 미산란하며 하얗게 변했다. 태양이 흩어지는 물방울 위로 무지개를 띄웠다. 그날 아휘는 무지개를 못 봤으리라. 먹구름이 낀 흐린 날이었으니까. 아휘의 볼 위로 흘러내리던 물이 눈물인지, 빗물인지, 폭포인지 알 수 없었던 장면이 지나갔다.

다음날 국경을 넘었다. 이구아수 폭포를 상공에서 보면 알파벳 유(U)에서 왼쪽 끝을 길게 당겨놓은 듯한 형상이다. 긴 쪽이 아르헨티나령, 짧은 쪽이 브라질령. 상류에서 내려온 강은 폭포에 이르러 더욱 폭을 넓히며 80미터 아래로 내리꽂힌다. 말발굽처럼 생긴 형상을

위에서 보면 마치 괴물의 아가리 같다. 그래서 별명이 붙었다, 악마의 목구멍. 아르헨티나령 이구아수 국립공원에서 입장권을 산 뒤 기차에 올랐다. 강을 거슬러 오른 기차가 섰다.

여기서부터는 악마의 목구멍까지 걸어가야 한다. 작은 섬들을 징검다리 건너듯 지나자 말발굽 형상을 한 폭포를 향해 다리가 이어졌다. 그 끝에 악마의 목구멍이 있었다. 이구아수 강이 추락하며 내지르는 굉음이 귀청을 두드렸다. 지름 90미터 남짓한 악마의 목구멍으로 엄청난 양의 강물이 빨려들고, 일부는 물안개로 다시 솟아올랐다. 하염없이 낙하하는 폭포를, 하염없이 치솟는 물안개를 동시에 지켜보고 있노라니 '황홀'과 '혼미'가 뒤섞이며 소용돌이쳤다. 수많은 관광객의 함성과 비명과 환호까지 더해져 정신이 아득해지던 그때. 뜻밖의 생물체가 눈에 들어왔다. 나비였다.

하염없이 낙하하는 폭포와 치솟는 물안개 사이를 나비가 나풀나풀 날아와선 내 앞에 놓인 난간에 사뿐 내려앉았다. 그 모습이 너무나 위태로워 보였지만, 착지한 나비는 미동조차 하지 않았다. 마치 백척간두에 좌정한 수도승 같았다. 잠시 후 나비가 날개를 흔들었다. 내게 말을 거는 것 같았다. 나는 가만히 나비의 날갯짓에 시선을 맞추었다. 그러자 나비가 하는 말인지, 폭포가 내지르는 소린지 알 수 없는 환청이 들렸다.

'이구아수 강의 발원지에서 폭포에 이르기까지 얼마나 구불거리는지 알고 있니? 때론 U턴을 해서 되돌아가는 것처럼 보일 때도 있어. 그러나 그건 한순간의 모습일 뿐 강물은 바다를 포기하지 않아. 폭포란 건 말이야, 강물이 바다를 포기하지 않겠다는 의지를 드러내는 가장 강력한 표현이야.'

나비가 날아올랐다. 이구아수 강 위를 지나 숲으로 되돌아갈 때까지, 나비를 지켜보았다. 그리고 나도 악마의 목구멍에서 빠져나가기로 했다. 이구아수 폭포들을 잇는 탐방로를 하염없이 걸었다. 다양한 각도, 다양한 위치에서 폭포를 온몸으로 체험했다. 이구아수 폭포는 수소 두 개(H2)와 산소 하나(0)를 조합해서 터트리는 불꽃, 아니 물꽃 같았다. 새하얀 물꽃이 터질 때면 영혼까지 환희로 흠뻑 젖었다.

인류가 추앙해온 폭포, 이구아수가 베풀어준 물의 향연이었다.

지구, 우주라는 그라운드를 굴러가는 공

아르헨티나 마르델플라타

20세기 말 지구를 관찰하던 외계인들은 이상한 현상을 목격했다. 인간들이 작은 공을 서로 뺏느라 정신없이 뛰어다니는 꼴이었다. 한 대륙에서만 벌어지는 현상이 아니었다. 아메리카의 해변, 아프리카의 들판, 유럽의 잔디밭, 아시아의 골목, 장소를 가리지 않고 수많은 인간이 몰려다니며 둥근 공을 차지하려고 쫓고 쫓았다.

"대체 왜 저러지?"

황금처럼 반짝이는 광물에 유난히 집착하는 경향을 가진 지구인이 반짝이지도 않는 공을 뺏으려는 이유를 도무지 알 수 없었다. "저 공의 내부는 황금으로 채워져 있을 거야!" 한 외계인의 추측에 다른 외계인이 당장 의문을 제기했다 "네 말이 맞다면 머리로 저 공을 들이받은 사람은 뇌진탕으로 죽어야 한다. 그러나 저렇게 환하게 웃고

있지 않은가?" 의문이 풀리지 않자 외계인들은 축구공을 납치, 해부대 위에 올려놓기에 이르렀다. 열두 개의 육각형, 스무 개의 오각형 가죽이 둘레 69센티미터, 무게 430그램의 구체를 감싸고 있었다. 푸욱, 수술용 메스를 들이댔다. 푸쉬쉭. 공 안엔 황금은커녕 지구에서 가장 흔한 '공기'만 가득했다. 한숨밖에 나오지 않았다.

"지구인은 도무지 이해할 수 없는 종족이야!"

결국 5백만 년에 걸쳐 지구를 연구해온 헤로도토스 행성의 역사가를 찾아갔다. 노학자는 지구인이 두 개의 기둥 사이로 공을 넣을 때 환호성을 터트린다는 것과 그 횟수에 따라 양쪽의 승패가 나뉜다는 걸 알려주었다. "근데 지구인은 왜 이런 경기에 열광하는 거죠?" 후학들은 납득할 수가 없었다. 노학자가 미소를 지으며 찬찬히 설명했다.

"내가 처음 지구를 방문했을 때만 해도 인간의 조상은 나무 위에서 생활했다네. 아주 가끔 떨어진 과일을 줍기 위해 땅으로 내려왔지. 어느 날 한 녀석이 둥근 과일에 힘을 가하면 데굴데굴 구른다는 걸 알게 되었어. 그 후 녀석은 동료들과 동그란 과일을 더 멀리 구르게 하는 놀이를 즐기기 시작했지. 그러던 중 과일을 앞발(손)로 미는 것보다, 두 발로 서서 걷어차면 더 멀리 간다는 걸 깨달았어. 유레카!

녀석을 구경하던 이들이 나무에서 내려와 이 놀이에 동참하면서 '두 발로 서서, 둥근 과일을 발로 차는 유인원'이 더욱 늘어났어. 오스트랄로피테쿠스의 등장이지! 이들은 네안데르탈인, 데니소바인 등 다양한 원인류로 진화했는데 끝까지 살아남은 건 결국 '발로 공차기'를 잊지 않은 사피엔스였지. 빙하기가 끝나고 베링해협이 아메리카 대륙을 유라시아 대륙으로부터 떼놓았지만, 아마존에서조차 인류는 공차기를 잊지 않았어.

결국 동그란 과일을 발로 차던 중 직립보행하게 된 인류가 축구에 열광하는 건 너무나 당연한 일이야. 게다가 축구는 지구인의 역사를

쏙 빼닮았어. 박해받고 지기만 하던 약자가 지배자나 강자를 꺾는 이변이 벌어지기도 하지. 인간은 '희망'을 이렇게 표현하더군, 공은 둥글다! 지구란 행성을 단 한마디로 표현하면, 우주라는 그라운드를 굴러가는 축구공이야!"

우주를 구르는 지구의 북반구에 겨울이 오면, 남반구는 여름으로 접어든다. 남아메리카 아르헨티나의 휴양도시 마르델플라타는 이 무렵 영화제, 연극제, 미술전, 축구 경기 등 다양한 이벤트로 수많은 관광객을 끌어들인다. 인구 60만 도시가 200만으로 불어나는 건 순식간이다. 호텔은 숙박객으로 가득 차고 한낮의 피서객은 해수욕장에서 멱감으며 놀다가 해가 지면 유흥거리를 찾아 영화관, 클럽, 카

지노로 향한다. 그리고 축구 팬은 스타디움으로 발길을 옮긴다. 매년 여름 마르델플라타에서 '토르네오스데베라노'라 불리는 토너먼트 경기가 열리기 때문이다.

"오늘 저녁 축구 보러 갈래?"

현지 친구로부터 전화가 왔다. 막시는 '카루셀 아트 호스텔'의 주인장이다. 겨울 비수기 동안 그의 호스텔에서 한 달가량 묵은 적이 있었다. 그때 가족처럼 어울려 지냈던 인연으로 막시가 성수기의 마르델플라타로 나를 초대했다. 근데 호스텔의 방들은 숙박객들로 가득 차 있었다. 빈방이 하나도 없었다.

"소피(막시의 아내)가 장인·장모님 모시고 휴가 갔어. 한 달 뒤에나 돌아올 거야. 처갓집이 비었으니 그곳에서 나랑 지내면 돼!" 아내는 부재중, 막시는 고삐 풀린 망아지랑 다를 바 없었다. 저녁엔 블루스 클럽이나 재즈클럽을 찾아다니며 술을 마시고 히피풍 호스텔을 찾아다니며 여행자들과 어울려 노는 사이 일주일이 금세 지났다. 마르델플라타를 떠나기 전, 막시네 가족에게 전할 선물을 사려고 도심으로 나온 날이었다. 축구 보러 가자는 막시의 전화를 받은 나는 되물었다.

"근데 누구랑 붙는 경기니?"
"라싱과 인디펜디엔테!"

두 팀은 보카주니어스, 리버플레이트, 산로렌조와 더불어 아르헨티나 5대 프로축구 명문구단으로 꼽히는 팀이었다. 더구나 보카주니어스 대 리버플레이트 경기, 라싱 대 인디펜디엔테 경기는 바르셀로나 대 레알 마드리드, 맨유 대 리버풀 경기에 버금가는 라이벌전이었다. 아르헨티나의 프로축구 수준은 영국의 프리미어리그, 스페인의 프리메라리가, 이탈리아의 세리에 A에는 못 미치지만, 응원의 열기만큼은 유럽을 능가할 정도였다. 하긴 최초의 축구 '팬'도 남아메리카 출신이었으니까!

20세기 초 우루과이에 프루덴시오 레예스라는 사람이 살았다. 공기주입기가 없던 시절엔 축구공에 '입으로 공기를 불어 넣는 사람'이 필요했다. 내셔널 축구팀의 프루덴시오가 맡은 일이었다. 엄청난 폐활량을 가진 그는 자기 팀 경기가 있을 때마다 그라운드 바깥에서 우렁찬 고함과 큰 몸짓으로 응원을 했다. 관중들이 "대체 저 사람은 누구냐?"고 물을 때마다 같은 대답이 돌아왔다. "내셔널 축구팀의 인차(스페인어로 '공기를 불어 넣다')라던데…." 차츰 그가 내지르는 고성과 몸짓을 따라 하는 관중들이 늘어났다 "내셔널, 내셔널, 올라가자, 내셔널!" 관중들은 그들을 '인차다스'로 불렀고, 이 문화가 국경을 넘어 주변 나라로 퍼져 나갔다.

드디어 1950년, 브라질에서 월드컵이 열렸다. 함성 지르고, 북 치고, 폭죽 터트리고, 깃발 흔드는 인차다스 문화가 대서양 건너 유럽으로 알려지는 순간이었다. 영국, 이탈리아, 스페인, 독일, 프랑스로 퍼지는 건 순식간이었다. 우루과이에선 '최초의 축구 팬'이었던 프

루덴시오의 생일을 지금도 '인차다스의 날'로 기념한다.

마르델플라타 해변을 지나다가 오늘 맞붙을 두 축구팀의 서포터즈를 만났다. 아직 경기가 시작되려면 한참 남았는데 광장에선 이미 응원전에 불이 붙었다. 양팀의 서포터즈는 심벌 달린 북을 두드리고, 함성을 내지르고, 깃발을 뒤흔들었다. 응원하는 팀의 깃발 아래 양쪽 팬들이 속속들이 모여들었다. 마치 전쟁터에 나가는 군대 같았다. 광장에서 시작된 응원 퍼레이드가 경기장까지 이어진다니, 과연 경기장에서 분위기는 어떨까?

막시가 몰고 온 차를 타고 경기장으로 갔다. 그는 이미 웃통을 벗은 상태였고, 보조석에 앉은 페르난도가 벌컥벌컥 술을 들이켠 뒤 병을 내게 넘겼다. "지금 미리 마셔둬야 해, 경기장에선 음주 금지거든!" 골목 한쪽에 주차를 했다. 축구 경기장 곁에 딸린 공용주차장은 막상 축구 경기가 열릴 땐 사용금지라고 했다. "차에 카메라, 휴대폰, 보조배터리 등 무기(?)가 될 수 있는 건 모두 놓고 가야 해." 걷기 시작한 지 얼마 되지 않아 포장마차 거리가 나왔다.

"여기서 초리판(구운 소시지를 빵에 넣은 음식)을 먹자!" 페르난도가 말했다.
"반드시 여기서 먹어야 해, 우리의 필승 의식이지!" 막시가 덧붙였다.

아르헨티나식 핫도그로 배를 채우고 우리 일행은 왕복 8차선 대로를 건넜다. "근데 경기장이 어디쯤이야?" "앞으로 1킬로미터쯤 더 가야 해!" 발길을 서둘렀다. 그런데 뜻밖의 대열이 우리 앞을 막아섰다. 경찰들이었다.

"이봐, 웃통 벗은 놈들은 당장 옷부터 입어!"

몸수색이 시작되었다. 국제공항의 검색대보다 꼼꼼히 몸과 소지품을 확인했다. 300미터쯤 지나자 또 다른 경찰들이 몸수색을 하고, 이어서 또…, 무려 세 차례나 몸수색을 당한 후에야 경기장 입구에 이르렀다. 그때였다. 타타타타타타타. 헬리콥터가 등장하더니 경기장 상공을 휘저었다. 서치라이트가 경기장 구석구석을 비췄다. 마치 생중계 중인 범죄 현장에라도 뛰어 들어온 기분이었다.

어리둥절한 상태로 입장을 한 후 중앙 스탠드에 자리를 잡았다.

양쪽 골대 뒤편 스탠드는 서포터즈의 자리였다. 대형 깃발이 스타디움 상단부터 하단까지 내려와 있었다. 선발선수들이 입장하자 함성과 함께 북을 마구 두드렸다. 경기가 시작되었다. 팬들은 "달레, 달레, 달레!"(가자, 가자, 가자!)를 외치며 특이한 손동작을 해댔다. 리오넬 메시가 월드컵 결승전에서 승리한 후 손목을 탈탈 흔들던 동작을 떠올리면 되리라. 거대한 함성, 나부끼는 깃발, 헬리콥터가 내는 소음까지 더해져 경기장이 아니라 마치 전쟁터 같았다. 하긴 인류가 전투와 다를 바 없던 축구에서 벗어난 건 불과 200년이 되지 않는구나!

19세기 중반까지의 축구란 특정 지점을 '골대'로 정한 것 외에 이렇다 할 규칙도 없이 공을 발로 차든, 안고 뛰든 골대 안으로 가져다 놓으면 이기는 게임이었다. 참가 인원 수도 정한 바 없었고, 제한된 시간도 없었고, 심지어 골대 사이 거리가 몇 킬로미터에 이르기도 했다. 축구 경기 중 주먹질, 발길질, 칼부림까지, 목숨을 잃는 일이 다반사였다. 오죽하면 셰익스피어가 〈리어왕〉이란 비극에서조차 이런 욕을 했을까?

"이 천박한 축구선수 같으니!"

영국 국왕은 호환·마마보다 위험한 경기라며 축구 경기 금지 명령을 내리기까지 했다. 그러나 금지할수록 영국인은 축구에 더욱 몰두했다. 사람을 발로 차지 말 것, 공을 안고 달리지 말 것 등 신사협정을 맺은 건, 잉글랜드 축구협회가 만들어진 1863년에 이르러서다. 그때 협정을 맺은 장소가 '펍(영국식 호프집)'이었던 탓인지, 그 후 맥주와 축구는 떼려야 뗄 수 없는 관계가 되었다. 물론 한국에선 치킨까지 더해진다.

1 : 1. 라싱 대 인디펜디엔테 경기가 후반으로 갈수록 함성은 더욱 커지고 응원전도 더욱 달아올랐다. 한차례 폭력 사태도 발생했다. 아르헨티나 축구 팬은 정말 심각한 중독자였다. 물론 그들을 중독시킨 건 약물이 아니라, '엔투지아즘'(열광)이다. 열광의 어원은 '신에게 깃들다'는 고대 그리스어.

축구팀의 팬은 스스로 '신전(神殿)'이었다.

아르헨티나에서 마라도나를 신으로 모시는 종교가 탄생한 게 결코 이상한 일이 아니었구나! 양팀의 격렬하고 열광적 응원을 보며 나는 많은 걸 깨달았다. 한국의 사직야구장이 '지상 최대 노래방'이 아니라는 진실을, 그리고 톨스토이가 쓴 〈안나 카레니나〉의 첫 문장(모든 행복한 가정은 비슷한 이유로 행복하고, 모든 불행한 가정은 저마다 다른 이유로 불행하다)처럼, 모든 축구 강국은 비슷한 이유로 강하고, 모든 축구 약국은 저마다 다른 이유로 약하다는 것도. 모든 축구 강국의 '비슷한 이유'란 '자국 축구 리그에 열렬한 팬들이 있다'는 것이다.

경기의 종료 휘슬이 울렸다. 무승부. 아직 승부차기가 남아있었지만, 막시가 그만 경기장을 빠져나가자고 재촉했다. "왜 끝까지 안 보고?", "승부차기는 축구가 아냐!" 그렇게 대답했지만 실은 승패가 확연히 갈린 후 관중들 사이에서 벌어질지 모를 불상사를 염려하는 모양이었다.

주차해둔 차를 세워둔 골목으로 걸어가는 동안, 골목에서 공을 차는 청년들을 만났다. 집으로 돌아가는 아이들이 부르는 노래를 들었다. 비록 '카메라 소지 불가'로 경기장에서 찍은 사진 한 장 남아있지 않지만, 거리에서 울려 퍼지던 아이들의 노랫소리는 지금도 귓가에 맴돈다.

"우리는 이겼다. 우리는 졌다. 우리는 모두 즐겁다!"

소금사막에서 나눈 사랑의 유통기한은 만년

볼리비아 우유니

"이번 크리스마스는 볼리비아의 우유니 사막에서 보는 게 어때?"

"일단 코차밤바에서 만나서 같이 우유니 소금사막으로 가자! 라파스와 타리하를 오가는 기차가 우유니를 지나간대."

"우와, 소금사막을 횡단하는 기차라니!"

길 위의 나그네도 연말이면 만나야 할 사람이 있었다. 통화를 나눈 사람은 아내였다. 남아메리카 대륙을 정처 없이 떠돌다 3개월, 5개월 혹은 7개월 만에 아내를 만나곤 했다. 혹자는 "그렇게 띄엄띄엄 보면서, 진짜 부부(?) 맞느냐?"고 물었다. 그러나 세상의 모든 부부가 똑같은 방식으로 사랑하는 건 아닐 것이다.

불규칙한 순환주기를 가진 혜성처럼 나는 간헐적으로 집으로 돌아가 아내와 시간을 보낸 후 다시 길 떠나기 일쑤였다. 히말라야, 안다만 해변, 안데스산맥 등 그 어느 곳이든 아내와 만나서 함께 머무는 곳이 '집'이었고, 아내와 보내는 시간은 늘 '신혼여행'이었다. 몇 달씩 떨어져 지내다 재회하면 신혼 기분이 되니까. 이번엔 볼리비아의 우유니 사막이 '허니문 여행지'고, 소금사막의 숙소가 '집'이 될 차례.

우유니는 해발고도 3,653미터에 자리한 1만 2,000제곱킬로미터 면적의 소금사막으로 한바탕 비가 쏟아지기라도 하면 새하얀 지표면 때문에 지구에서 가장 큰 거울로 변한다. 지구 행성엔 46억 년에 이르는 시간이 만든 다양한 풍경들이 펼쳐져 있다. 한 사람이 평생을 여행하더라도 눈을 다 채울 수 없는 풍경이다. 어떤 여행자는 그 중 우유니 소금사막을 가장 매혹적인 장소로 꼽을지도 모르겠다.

나는 머물고 있던 칠레 아타카마 사막에서 빠져나와 가까운 도시 칼라마로 갔다. 다행히 볼리비아를 오가는 국제버스가 있었다. 승차 직전 와이파이에 접속해 코차밤바 도착 예정 시각을 아내에게 전했다. 앞으로 24시간이 지나야 아내를 만날 수 있겠구나! 낡은 이층 버스가 출발했다. 곧 어둠이 내려앉았다.

해가 뜨고 버스는 하루 내내 달렸다. 그리고 다시 어둠이 내려앉을 무렵 안데스산맥을 오르기 시작했다. 길은 쉴 새 없이 구부러졌다. 아내가 이런 길을 견딜 수 있을까? 서울-제주간 비행기 안에서도 멀미를 하는 사람이었다. 멀미를 하지 않는 교통수단은 기차와 오토바이뿐. 그래서 우유니로 가는 버스가 아니라 라파스와 타리하

를 오가며 우유니를 지나치는 기차를 찾아낸 것이리라. 볼리비아 횡단 철도는 19세기 말에 놓였다. 우유니에서 캔 광물을 화물기차에 실어서 태평양의 항구로 옮기기 위해서였다. 지금은 승객용 열차가 하루 1회 운행된다.

해발 4,000미터 안데스 고원을 오르내리던 버스가 26시간 만에 코차밤바에 닿았다. 예정보다 2시간이나 늦은 도착이었다. 아내는 자정 가까운 시간, 이국의 터미널에서 두 시간 넘게 나를 기다린 셈이다. 근 1년 만에 낯선 도시에서 아내를 만났을 때의 기분은, 상상에 맡긴다.

첫날 밤은 코차밤바에서 보낸 후, 버스를 타고 오루로로 향했다. 남아메리카 3대 축제 중 하나인 '오루로 카니발'로 유명한 탄광 도시다. 도착 후 레스토랑에서 식사를 하며 기차를 기다렸다. 뿌웅 뿌웅. 오후 2시 반, 기차가 역사로 들어섰다. 객차 안은 볼리비아인들로 빼곡했다. 뿌웅 뿌웅. 다시 기적을 울리며 기차가 회색도시를 벗어났다. 그리곤 주변 풍경이 변하기 시작했다. 사막 가운데 물이 고인 곳마다 수십 혹은 수백 마리에 이르는 플라밍고 떼가 날아다녔다. 덜컹덜컹. 그리곤 순식간에 창밖 풍경이 핏빛으로 물들었다. 소금사막 너머로 보이는 황홀한 일몰.

사막 언저리, 황량한 기차역을 차례차례 지나 우유니역에 닿은 건 밤 9시가 넘은 시각이었다. 예약해둔 숙소로 갔다. 우유니 사막 투어는 다음날부터 시작이었다. 거대한 사막을 관통하는 대중교통수단이 따로 없으니 관광객은 주로 여행사가 운영하는 투어 프로그램을 이용한다. 고작 2~3시간짜리 프로그램(일출이나 일몰 시각에 맞춰 관광객을 태우고 출발, 빗물이 고인 지점으로 이동, 인증샷 촬영 후 돌아오는 코스)부터 4박 5일짜리 프로그램(우유니 사막 곳곳의 명소를 방문하고 여러 마을에서 묵는 코스로 숙박, 식사를 제공한다) 등 다양하다.

아침 8시, 숙소 앞으로 온 4륜구동 투어차량에 올랐다. 칠레에서 온 청년 두 명, 독일에서 온 커플, 그리고 아내와 나. 총 6명이 함께 사막을 여행할 동행이었다. 운전수와 가이드까지 총 8명을 태운 차량은 마을 외곽 '기차 묘지(?)'에 이르러 멈췄다. 한창땐 하얀 입김 같은 증기를 내뿜으며 파란 하늘 아래 사막을 내달렸을 기차들이 녹슨 철골만 남은 채 멈춰 서 있었다. 20세기 초 광물 가격이 급락하면서 광업소들이 문을 닫는 바람에 증기기관차들은 아무렇게나 버려졌다. 뼈와 살가죽만 앙상하게 남은 미라와 흡사했다.

우유니 마을을 완전히 벗어나자 더 넓은 소금사막이 펼쳐졌다. 마치 새하얀 바다 같았다. 아니, 우유니는 실제 바다였다. 빙하기 이전 지각 변동으로 솟아올랐던 바다가 빙하기 이후 소금호수로 변했고, 건조한 기후로 인해 호수의 물은 사라지고 두께 1~120미터 소금 결정만 남아 소금사막이 되었다. 우유니 사막에 온 여행자들은 한결같이 파란 하늘을 배경으로 촬영놀이를 한다. 블루스크린과 컴퓨터그래픽 작업 없이도 사진을 합성한 듯한 효과가 나오기 때문이다. 나는 엄지만한 소인, 아무리 지구를 돌아다녀봐야 아내의 손바닥 안이다, 찰칵.

서울 면적 20배, 드넓은 사막에서 가장 유명한 명소는 물고기 섬(Isla Del Pescado)이다. 현지인은 소금사막 가운데 솟은 언덕들을 '섬'이라고 부른다. 우기가 찾아오면 언덕이나 산들이 소금물의 바다 가운데 섬이 되기 때문이다. 물고기 섬의 옛 지명은 '잉카와시'로 고대 잉카의 전령들이 쉬던 곳이었다. 우유니 사막은 최근 〈스타워즈: 라스트 제다이〉에서 저항군의 은신처가 된 크레이트 행성으로도 등장했는데, 제다이 루크가 '퍼스트 오더'의 대군에 홀로 맞서는 장면도 물고기 섬 일대에서 촬영했다. 물고기 섬은 선인장들로 뒤덮여 있다. 건조한 사막에서 선인장은 1년에 1센티미터씩 자란다. 높이 1미터면 100살, 높이 5미터가 넘는 선인장들은 수령 500살이 넘는 셈이다.

밤이 되고 소금사막에 크리스마스 이브가 찾아왔다. 함박눈이라도 내린 듯 하얀 소금이 온 천지를 뒤덮은 사막의 밤, 우리는 하얀 소금 침대 위에서 잠을 잤다. 침실을 걷거나 복도를 오갈 땐 바닥에 깔린 소금 알갱이 때문에 싸락싸락 눈 밟는 소리가 났다. 이처럼 완벽한 '화이트 크리스마스'가 있을까? 오래전 왕가위 감독이 만든 〈중경삼림〉의 영화 카피가 '사랑에 유통기한이 있다면, 내 사랑은 만 년으로 하고 싶다'였지. 아마도 사랑의 유통기한을 '만년'으로 할 수 있는 공장이 지구 행성에 있다면 우유니에 있을 거야. 염화나트륨은 '부패'를 막는 결정체, 소금사막에서 나눈 사랑의 기억은 썩지 않을 테니까!

우유니 여행을 시작한 지 사흘째 되는 날, 간헐천과 소금 온천을 지나 기이한 형상으로 치솟은 바위들이 모여 있는 곳으로 갔다. 우유니가 소금사막으로 변하기 전, 빙하가 실어 온 바위들이었다. 사막 가운데 펄럭이는 듯한 형상의 바위는 마치 초현실주의 작가가 만든 조각작품을 연상케 했다. 그래선지 살바도르 달리가 우유니 사막을 여행한 후 유사한 풍경을 그림으로 그렸다고 말하는 이도 있다. 그러나 살바도르 달리의 행적을 추적해 보면, 그는 볼리비아에 온 적이 없다. 그럼에도 그의 그림과 우유니 사막 곳곳의 풍경은 흡사하다, 초현실적으로.

드물지만 자전거를 타고 우유니 사막을 횡단하는 여행자도 있다. 한번은 자전거 횡단 여행자에게 국적을 물었다. 프랑스인이라고 했다. 그 후로도 두세 번 자전거 여행자를 마주쳤다. 묻지 않는 이상 그들의 국적은 알 순 없었다. 딱 한 명을 제외하면. 일본 국기를 꽂고 있었다. 우유니 사막을 자전거로 횡단하는 건 정말 대단한 모험이라고 말하지 않을 수 없다. 그러나 모험 길에 나선 이들 중 왜 자국 '국기'를 달고 다니는 여행자는 늘 일본인, 아니면 한국인일까?

닷새 동안의 사막 투어를 마치고 우유니 마을로 돌아오던 길, 또 다른 자전거 여행자를 만났다. 그는 알래스카를 출발, 아메리카 대륙을 종단하는 중이라 했다. 우수아이아까지 갈 거라는 그에게 물었다.

"너는 왜 네 나라 국기를 꽂고 다니지 않니?"
"여행하는 사람은 나 자신이지, 국가가 아니잖아!"

우유니를 떠나던 날, 버스터미널로 갔다. 인파를 피해 아내와 한 줄로 걸었다. 내 뒤를 따르던 아내가 인파가 줄어들자 곁에 서며 말했다. "자기는 배낭 메고 있을 때가 제일 멋있어!" 그 말에 나는 이렇게 대꾸했다. "정말? 그럼 오늘 샤워 후 배낭만(!) 메고 침대로 들어갈게!" 깔깔깔, 아내가 자지러지게 웃었다. 나도 따라 웃었다. 아내의 웃음소리를 듣다가 문득 한국에서 만났던 이탈리아 할아버지와의 대화가 떠올랐다. 한국인 아내와 강원도 고성의 어촌에서 살던 그를 만났을 때, 이국에서의 삶이 어떠냐고 물었더랬다. 그가 내게 눈을 찡긋하더니 말했다.

"아내가 있는 곳이라면, 지구 어느 곳에 있든지 천국이지!"

과연! 입담 좋은 이탈리아 남자다운 대답이었다. 그의 아내와 나의 아내가 웃음을 터트렸다. 그때 그가 덧붙였다. "단, 한 가지 조건이 있어. 좋은 배우자라야 해. 나쁜 배우자라면 지구 어느 곳에 있든, 지옥이 될 수도 있지!" 구구절절 맞는 말이었다. 사실 연인이나 부부가 시간을 보내는 장소가 우유니 사막이든, 뭄바이든, 런던이든, 서울이든 장소가 중요한 건 아니다. 상대가 어떤 사람이냐에 따라서 똑같은 장소에서도 천국을 누릴 수도, 또는 지옥을 견뎌야 할 수도 있으니까. 나는 할아버지를 향해 눈을 찡긋하며 이렇게 답했더랬지.

"당신과 나는 천국의 시민이로군요!"

남아메리카 배낭여행자들의 안식처
볼리비아 사마이파타

"사마이파타~ 작은 마을이지만 넓은 마음을 갖고 있지. 단 하루만 머물려고 했는데 한 달이 되어버렸어. 사마이파타~ 고운 마음씨에 아름다운 사람들이 살아. 걷기 좋은 골목 지나면 파파야, 토마토, 망고 파는 시장이 나오지. 사마이파타~ 날씨는 쾌적하고 산책길은 즐거워. 단 하루만 머물려 했는데 한 달이 되어버렸어."

서울 시민이 '서울의 찬가'를, 부산 시민이 '부산 찬가'를, 목포 시민이 '목포 시민의 노래'를, 그렇게 자신이 태어나고 자란 도시 찬가를 부르는 건 수없이 봤지만, 여행자가 체류하게 된 마을 찬가를 직접 만들어 부르는 모습을 본 건 처음이었다. 사마이파타 카페에 앉아서 흥겹게 노래하는 히피 커플의 표정은 또 얼마나 행복해 보이던지!

볼리비아의 사마이파타(Samaipata)는 해발 1,700미터, 안데스 기슭에 있는 중산간 마을이다. 우유니 사막이나 티키카카 호수처럼 유명 관광지도 아닌 터라 남미를 다녀온 이들이 쓴 여행서에도 언급된 바가 거의 없다. 총인구 4,000명, 읍내 인구도 1,000명에 불과한 작은 마을이니까. 그런데 프랑스·영국·독일·스페인·네덜란드·벨기에·미국·오스트레일리아·아르헨티나·콜롬비아 등 무려 서른여 나라에서 온 이주민과 원주민이 함께 사는 특이한 마을이다. 특히 이주민 중엔 보헤미안 기질의 예술가들이 유난히 많다. 사마이파타에 도착 직후 우연히 길에서 만나 친구가 된 윌리엄 파워스도 미국 출신 작가로서 〈뉴 슬로우 라이프: 세상에서 가장 빠른 도시 뉴욕에서 단순하게 살기〉의 저자였다.

"빌(그의 애칭), 뉴욕 같은 코스모폴리탄에서 살다가 사마이파타로 이주한 이유가 뭐니?"
"여긴 연중 날씨가 평온하고 무엇보다 아이들이 나다니기에 안전하거든."

아장아장 걷는 딸과 산책을 하고 있던 그의 대답이었다. 빌과 헤어진 후 마을을 찬찬히 둘러보기로 했다. 국도변 슈퍼마켓 옆으로 난 마을 길로 들어섰다. 자그마한 은행이 나오고, 은행을 지나자 하얀 성당이 있는 광장이 펼쳐졌다. 고풍스런 카페 옆 골목으로 접어드니 시장이었다. 시장 안 간이식당에서 티본스테이크를 주문해서 먹었다. 수프, 밥까지 포함한 티본스테이크 가격이 2,000원에 불과했다. 체 게바라 초상화를 붙여놓은 피자 가게의 한쪽 벽엔 월세방 광고가 붙어 있었다.

방 2칸, 거실, 부엌, 벽난로, 냉장고, 세탁기 완비. 월 250달러.

낯선 여행자에게 마을 사람들은 반갑게 인사했고, 두 번을 만나자 친근하게 말을 걸어왔고, 세 번을 만나자 볼 키스를 나눴다. 오래 머물지 않을 이유가 없었다! 그렇긴 한데 남아메리카에선 영어가 거의 통하지 않는다. 브라질을 제외하면 모든 나라가 스페인어를 사용하기에 마을에서 지내려면 스페인어를 익히는 건 필수다. 은행에 돈을 찾으러 갔다가 맞은편 상점 유리창에 붙은 '스페인어 레슨, 영어로 교습 가능' 쪽지 광고를 발견한 건 행운이었다. 프랑스인 델핀과 볼리비아인 나노, 이 부부가 운영하는 공예품 가게였다. 나는 델핀에게 스페인어 수업을 받기로 했다. 델핀과 나노는 프랑스의 고등학교에서 학급 친구로 만나서 연애 결혼했다. 두 사람이 나노 부모의 고향 사마이파타로 온 건 3년 전이었다. 사마이파타에 오기 전엔 프랑스령 아프리카의 섬에서 살았다니 이들은 한평생 몇 개 대륙, 몇 개 나라에서 살 셈일까? 스페인어 수업을 하다가 수업을 빙자한 요리를 할 땐, 나노와 두 딸까지 어울려 파티를 벌이곤 했다.

"오늘 스페인어 레슨 주제는 요리야. 스페인을 대표하는 음식, 파에야를 만들어볼까? 이건 스페인어로 아로스(쌀), 이건 피미엔토(고추), 이건 비노(포도주), 바소(잔)를 부딪칠 땐 이렇게 소리치지, 살룻!"

주말엔 제법 큰 시장이 섰다. 인근 대도시 산타크루즈 시에서 놀러 온 나들이객들, 채소 팔러 온 산골 주민들, 수공예품 파는 히피들, 부모님 따라온 어린아이들로 온 마을이 들썩였다. 안데스 산에서 내려온 이들은 마을의 친구들을 만나 회포를 풀었다. 사마이파타 광장에서 가장 시끌벅적한 술집은 '보헤메'였다. 메뉴판엔 맥주, 와인 등등 술과 함께 안주 목록도 있지만, 술집 안에 조리도구나 요리사는 따로 없었다. 안주 주문이 들어오면 길 건너편 식당 '코시나'에 주문하는 식이었으니까. 술집 보헤메는 부엌을 따로 두지 않아도 되고, 식당 코시나는 매상이 늘어나니, 서로 '윈윈'이었다.

마을에 상주하는 주민은 아니지만, 나도 일요일엔 성당에 갔다. 사마이파타 신부의 이름은 '후안'이었는데, 그는 자신을 '후아니토'로 불러달라고 했다. 스페인어로 '~이토'는 '작다'는 뜻이다. 아마도 유년시절부터 별명이었을 것이다. 후아니토는 성당 미사 때를 제외하면 늘 반소매, 반바지, 야구모자를 쓴 차림이었다. 동네 아이들이 성당 앞에서 후아니토를 발견하면 손 흔들며 소리치곤 했다. "파파, 농구 하러 가는데 같이 가지 않을래?", "응, 농장 일 끝나는 대로 농구장으로 갈게!" 볼리비아 청소년들이 중년의 가톨릭 사제와 친구처럼 어울려 노는 모습이 처음엔 얼마나 어리둥절하던지! 후아니토를 나의 숙소로 초대해 포도주와 함께 요리(?)를 대접하곤 했다.

"로, 한국 라면은 정말 맛있군! 하나에 얼마니? 다음엔 내 것도 몇 개 사다 줘!"

한 마을에 오래 머물다 보니 사람뿐 아니라 동물 친구도 생겼다. 도착 첫날부터 졸래졸래 따라온 큰 개가 다음 날 아침까지 숙소 마당에서 놀고 있었다. 그 후 티본스테이크를 먹을 때마다 남은 뼈다귀를 건네줬더니 마을 어느 골목에서라도 나를 보면 반색하며 헐레벌떡 달려와 동행하기 일쑤였다. 아무 데서 먹고 아무 데서 자고, 주인 없는 개일 테지. 그렇게 짐작했는데 나중에 알고 보니 '하르딘' 호스텔의 개였다.

"저 녀석은 내가 주는 사료는 다른 동네 개들이 먹게 내버려두고, 여행자들을 따라다니면서 먹고, 아무 데서나 자. 이 마을에 새로운 여행자가 나타나면 한눈에 알아보고 따라다녀. 친한 척하면 여행자들이 먹을 걸 주는 걸 아는 거야. 심바는 이제 나의 개가 아니야. 온 마을 사람들의 개가 되었어."

네덜란드인 얀의 푸념이었다. 심바 말고도 마을엔 풀어놓은 개가 몇 마리 더 있긴 했다. 그들은 주말이면 어슬렁어슬렁 성당 안으로 들어와 미사를 보기도 했다. 미사 중인 성당 안에 개가 들어왔다고 쫓아내는 사람은 없었다, 마치 그들도 마을 주민이기라도 한 것처럼. 이들은 짖거나 으르렁거리지도 않았다. 집 안과 집 밖을 자유롭

게 오가며 집 밖의 다양한 사물, 사람, 동물을 접하는 개들의 특징이었다.

그들에 비해 제집이나 울타리 안에 갇혀 있는 개들의 행동은 전혀 달랐다. 울타리 밖을 지나는 사람의 발자국, 말발굽 소리, 자동차 엔진소리 등 직접적인 위협이 아니라 낯선 소리만으로도 긴장하며 짖어댔다. 심지어 마당의 전등 불빛을 향해 날아드는 나방이나 파리의 그림자를 향해서도 송곳니를 드러냈다. 그런 광경들을 경험하며 나는 제 나라에서 평생을 보내거나 국경이란 울타리 안에서 갇혀 지내는 인간도 비슷한 성향을 갖지 않을까, 하는 생각을 했다. 유라시아 대륙을 자유로이 오가던 육로가 끊기고, 한국이 섬나라가 된 지 70년이 넘었던가?

아무리 평온한 도시에서 온화하기 이를 데 없는 날씨일지라도 고민이나 고통이 전혀 없을 수는 없었다. 어느 날 갑자기 잇몸이 욱신거리더니 왼쪽 볼이 퉁퉁 부어올랐다. 마을 내 공립병원으로 갔다. 치과 담당 의사는 엑스레이 사진과 치아 상태를 보더니 신경치료를 받아야 한다고 말했다. 여권 번호를 적고, 매주 예약시간에 맞춰 병원으로 갔다. 완치 후에 치료비를 냈는데 총비용이 만원 정도에 불과했다. 한국 1인당 GDP의 4분의 1도 안 되는 나라에서 외국인 여행자가 거의 무상 수준의 의료 서비스를 받을 수 있다는 게 믿기지 않았다. 볼리비아는 남아메리카에서 가장 가난한 나라들 중 하나인데다가, 난 30일 비자를 받고 들어온 여행자였는데 말이다. 똑같은 상황이 미국에서 벌어졌다면… 아예 상상을 말자.

첫 방문 이후, 나는 남아메리카 여행 중 기운이 빠지면 사마이파타로 가서 휴식 시간을 가지면서 쉬었다. 전 대륙에 걸쳐 전염성 바이러스가 돌 때도 사마이파타로 가서 쉬었다. '사마이파타'의 어원은 잉카 원주민의 언어로 '언덕에서 쉬다'는 뜻이다. 3년에 걸쳐 사마이파타를 들락날락했고, 그러면서 마을의 변화도 느낄 수 있었다. 가장 눈에 띄는 변화는 시장 옆에 자리한 마을 도서관이었다.

처음 방문했을 때 찾았던 사마이파타 도서관은 마을 외곽에 자리한 데다가 관리가 되지 않아 마치 버려진 책들의 무덤 같았더랬다. 이듬해 시장 입구로 옮긴 새 도서관을 찾아갔을 땐, 아이들로 가득했다. 여권 복사본과 연락처만 남기면 뜨내기 여행자도 책을 빌릴 수 있었다. 생텍쥐페리의 〈어린 왕자〉 삽화가 담벼락에 그려진 도서관은 곧 사마이파타의 명물이 되었다. 한 도시나 마을의 랜드마크가 반드시 높고 큰 건물일 필요는 없었던 것이다. 어린 왕자 벽화가 있는 도서관 골목은 보행자 거리로 자리 잡았고, 히피풍 카페까지 들어섰다. 야외 테이블에 앉은 여행자들이 사마이파타 찬가를 만들어 부르기 시작했다.

"하루만 머물려 했는데 한 달이 되어버렸죠."

사마이파타엔 매일 십여 명의 여행자가 들고 난다. 발을 들여놓은 이들 중 10퍼센트는 장기 체류자로 바뀐다. 그리고 그들 중 일부는 아예 눌러앉아 사마이파타의 주민이 된다. 히피들이 기타, 북, 피리 같은 악기를 주렁주렁 매달고 나타나 사마이파타 광장 해시계 아래

서 주민들에게 묻는다.

"근처에 텐트를 칠 수 있는 숙소가 있나요?"

내게 물어오면 얀이 운영하는 하르딘 호스텔을 알려주곤 했다. 하르딘 호스텔의 주인장, 얀도 한때는 그들 같은 히피였다. 히피들은 여행 중 다양한 공동체(하루 4~6시간 일손을 돕고 숙식을 제공받는다)를 경

험하며 여러 가지 실용적 기술을 익힌다. 흙집 짓기, 유기농법, 허브 재배법 등. 그렇게 떠도는 중 마음에 쏙 드는 마을을 발견하면 그동안 익힌 기술을 활용해 둥지를 틀기도 한다. 얀은 10여 년 전 남미를 여행하다가 우연히 사마이파타에 들렀다. '하루만 머물려고 했는데 한 달이 되어버렸다.' 머물수록 따뜻한 마을이 더 좋아졌다. 결국 네덜란드로 돌아가 전 재산을 팔아서 다시 사마이파타로 왔다. 마을 변두리 땅을 사고, 공동체를 만들고, 여행자들과 함께 흙집을 지었다. 하르딘 호스텔의 시작이었다. 사마이파타 주변엔 지금도 10여 개의 공동체가 있다.

배낭여행자들이 통상 '천국'이라 부르는 곳은 산천이 아름답고 아무것도 하지 않아도 마냥 좋은 곳이다. 처음엔 히피들이 하나둘 머물기 시작하고, 이어서 배낭여행자 무리가 오가고, 나중엔 관광객들이 몰려든다. 이쯤 되면 숙박업소, 식당, 클럽들이 우후죽순 골목마다 들어선다. 그렇게 해서 '심심한 천국'이 '신나는 지옥'으로 변하는 건 순식간이다. 나는 3년에 걸쳐 볼리비아의 사마이파타를 세 차례 방문했다. 그때마다 사마이파타는 '배낭여행자들의 천국' 초창기의 모습을 고스란히 간직하고 있었다.

내가 마지막으로 사마이파타를 떠나던 무렵을 기억한다. 주말 성당 미사에 참석했는데 미사 도중 후아니토 신부가 갑작스레 나를 제단 앞으로 불러냈다. 그가 말했다. "한국인 로는 남아메리카에 여행 온 후 거듭 사마이파타를 방문하면서 우리의 형제가 되었습니다. 로가 또다시 먼 길을 떠납니다. 그의 여행길에 신의 축복이 있기를, 고국까지 무사히 돌아갈 수 있도록 다 같이 기도합시다."

덕분이었을까? 그 후 여행길엔 늘 축복과 행운이 내 어깨 위에 내려앉았더랬다.

UTB

'데스 로드' 지나
황금 계곡에서 만난 '전망 좋은 방'
볼리비아 코로이코

"너는 천 개의 베개를 가졌대!"

중학교 1학년 때였다. 하루는 친구가 나의 생년월일을 캐묻고 가더니, 명리학을 공부하는 제 어머니에게서 들었다며 다음 날 전해준 말이었다. 겨우 열세 살에 불과했던 나는 '천 개의 베개를 가졌다'는 게 무슨 의미인지 알 수 없었다.

그 후 꽤 오랜 세월이 흘렀다. 길 위의 숙소에서 익숙하지 않은 베개를 베고 자던 수많은 밤들, 문득 유년 시절의 벗이 전해준 말이 떠올랐다. '천 개'는 구체적인 개수를 가리키는 게 아니라 '셀 수 없이 많다'는 뜻, 방랑벽을 에둘러 표현한 말이었구나! 실제 지구 둘레길을 여행하면서 정말 많고 다양한 베개를 베고 잠들었다. 베개들의 높낮이, 색깔, 재질의 다양성만큼 숙박료도 천차만별이었다. 유라시아를 횡단하던 무렵엔 하룻밤 600원짜리 캠프에서 묵기도 했고, 여인숙, 여관, 로지, 게스트하우스, 호스텔에서 머물기도 했으며, 북아메리카를 여행하면서 오성급 호텔에서 묵기도 했다. 지금껏 내 머리를 뉘었던 베개의 개수를 세어보진 않았지만, 아마도 남아메리카 여행 중 묵은 숙소만 해도 100개가 넘으리라. 짧게는 하루, 길게는 한 달.

인간 생활의 3요소가 '의. 식. 주'라면 여행의 3요소는 '장소. 이동수단. 숙소'일 것이다. 물론 숙소가 빠진 '당일치기 여행'도 있지만 엄밀히 따지면 그건 '여행'이라기보단 '나들이'라고 해야겠지. 사람들마다 숙소와 방을 고를 때 선호하는 취향이 있을 것이다. 나는 언제나 전망을 가장 중요하게 여겼다. '전망 좋은 방'이라면 아무리 높은 지대나 엘리베이터가 없는 높은 층일지라도 끙끙거리며 올랐다.

내가 남아메리카에서 묵은 100개가 넘는 방들 중 단 하나의 방을 고르라고 한다면, '호텔 벨라비스타(Bellavista)'의 방을 꼽을 것이다. 커다란 파노라마식 창문 너머로 파란 하늘이 펼쳐지고 시선 닿는 저 끝에 안데스 설산이 솟아 있고 시선을 아래로 내리면 울창한 숲이 펼쳐지던 침실.

그래, 볼리비아의 코로이코 마을엔 '전망 좋은 방'이 있었지.

잉카 원주민이 사용하던 언어로 '황금 계곡'을 뜻하는 코로이코는 수도 라파스에서 차로 3시간 떨어져 있다. 해발 4,000미터의 알티플라노 고원을 관통하는 고속도로가 아마존 지대로 내려서기 직전, 해발 1,500미터 중턱에 자리한 코로이코는 라파스에 사는 도시인이 나들이 삼아 찾는 여행자 마을이자, 볼리비아의 3대 코카 생산지다.

고속도로가 놓이기 전까지 코로이코를 찾는 여행자는 드물었다. 라파스와 코로이코 사이를 잇는 '융가스 도로'는 잔도(棧道)와 다를 바 없었고, 큰비가 내리면 비포장도로에서 미끄러져 추락사고가 빈번했다. 현지인도 지나가길 꺼리는 '융가스 도로'가 세인들에게 널리 알려진 건 한 권의 책 때문이었다. 〈정글〉. 1981년 아마존에서 조난당했다가 구조된 이스라엘 청년이 책으로 펴낸 경험담이었다. 베스트셀러가 되자 저자의 행로를 따라 아마존으로 탐험여행을 가는 이들이 부쩍 늘었다. 그러던 중 이스라엘 청년들을 태운 버스가 융가스 도로에서 추락하면서 국제뉴스로 다뤄졌고, 이후 사람들은 융가스 도로를 세상에서 가장 위험한 '데스 로드'라 부르기 시작했다.

수많은 이들이 사고로 목숨을 잃은 후 브라질과 볼리비아를 잇는 반듯한 포장도로가 놓였다. 더 이상 코로이코까지 가는 데 목숨을 걸진 않아도 되겠구나! 라파스 터미널에서 코로이코행 버스표를 예매했다. 마침 이층버스의 맨 앞자리, 파노라마 좌석이 비어 있었다. 그 자리가 없다면 다음 버스를 기다릴 작정이었는데 다행이었다. '파노라마 좌석'은 길 위에서 전망을 가장 잘 볼 수 있는 자리라서 나의 최애 좌석이었다. 현지 친구들은 가장 위험한 자리라며 만류하곤 했다. 부득이 그 좌석에 앉게 된다면 반드시 안전벨트를 매라고 당부했다. 버스가 급정거라도 하면 앞유리창을 깨고 몸이 튕겨 나갈 수 있다며.

30분 후 버스가 출발했다. 라파스를 빠져나온 버스가 북쪽으로 방향을 잡았다. 해발 4,000미터 엘알토 고원지대에 올라선 지 1시간이 지나지 않아 빗방울이 진눈깨비로 변했다. 얼어붙은 진눈깨비가 유리창에 달라붙었다가 흘러내렸다. 안개가 뭉게뭉게 몰려들면서 길이 뿌옇게 변했다. 앞차가 보이지 않을 정도로 자욱한 안개 속 반대편 차선의 안개 덩어리 사이로 트럭이 나타났다. 이어서 트럭 뒤의 버스가 추월하기 위해 중앙선을 넘었다. 그리곤 내가 탄 버스를 향해 곧장 달려왔다. 앗! 안개 때문에 내가 탄 버스를 뒤늦게 발견한 반대편 버스운전사가 핸들을 급히 틀었다. 아아아악! 달려오던 버스는 내 앞을 스치며 반대편 고랑에 처박혔다. 내가 탄 버스운전사가 내뱉는 욕지거리가 이층까지 올라왔다. '죽음의 도로'라는 게 따로 있는 게 아니었다.

차츰 고도가 낮아지면서 진눈깨비가 비로 변했다. 뿌연 구름장들 사이로 해가 났다. 산악용 자전거를 실은 미니버스 한 대가 옆을 지나갔다. 악명 높았던 '데스 로드'엔 더 이상 차가 다니지는 않는다. 대신 산악자전거로 경사로를 달려 내려오는 투어프로그램이 만들어지면서 익스트림 스포츠 마니아들의 핫스폿이 되었다. 드디어 반짝이는 햇살 아래 코로이코 마을이 모습을 드러냈다. 가파른 경사면을 따라 줄줄이 늘어선 벽돌집들, 안데스 산악지대에서 수없이 본 풍경이었다. 볼리비아인들은 왜 이토록 아슬아슬한 비탈에 집을 짓는 것일까? 물론 덕분에 전망 좋은 방이 존재할 수 있을 테지만.

코로이코 광장에 이르러 버스가 섰다. 일단 마을 분위기에 스며들기 위해 나는 벤치에 앉아 주변을 둘러보았다. 분수대에서 재롱부리는 꼬맹이들, 체스를 두는 노인들, 아이스크림을 먹는 소녀들, 신문을 읽는 중년, 기타를 연주하는 악사. 모든 도시의 광장은 그 도시나 마을의 정서를 가장 빨리 파악할 수 있는 장소다. 볼리비아 출신 히피 할아버지 페르난도는 말했었지.

"만약 광장이란 곳에 음악이나 함성이 없다면, 그건 광장이 아니라 묘지지!"

나는 금세 코로이코 마을의 따사로운 분위기에 젖어들었다. 슬슬 일어서려는데 곁에서 나를 지켜보던 유럽인 커플이 말을 걸었다.

"넌 어느 나라에서 왔니?"
"응, 한국! 너희도 방금 도착했니?"
"아니, 우린 오늘 떠나려고 숙소에서 나온 참이야!"
"나 아직 숙소를 예약 안 했는데, 추천해줄 곳 있니?"
"두 군데서 묵었는데 오늘 나온 호텔 전망이 정말 끝내줬어! 방금 체크아웃했으니, 아직 비었을지도 모르겠다!"
"그 호텔이 어딘데?"
"산페드로 성당을 지나 비탈길을 쭉 내려가면 돼!"

작별 인사를 나누고 그들이 알려준 호텔 벨라비스타로 향했다. 우선 커플이 추천해준 방부터 둘러보았다. 방의 네 개의 면 중 두 개

면이 유리창으로 가득한 방이었다. 평소 묵던 곳에 비해 숙박비가 꽤 비쌌지만, 창밖의 풍경을 보고 나니 도무지 다른 곳으로 갈 수가 없었다. 얼른 숙박계를 썼다. 비탈 시작 지점에 호텔을 세운 덕분에 방이 아니라 마치 스카이워크 끝의 '전망대' 같았다. 창을 가득 채우는 하늘, 아래로는 숲, 멀리 보이는 설산. 콘도르가 창의 이편에서 저편으로 기다란 빗금을 그으며 날아갔다. 벌거벗고 있어도 지나가는 새밖엔 안을 들여다볼 수 없는 방이었다.

E. M. 포스터의 〈전망 좋은 방〉을 원작으로 한 영화가 떠올랐다.

피렌체의 호텔에서 루시와 사촌 언니는 '전망 없는 방'을 배정받고 푸념하다가, 이를 들은 또 다른 숙박객 조지와 그의 아버지의 배려로 방을 바꾸게 된다. 나 역시 비슷한 상황이었다. 물론 방을 바꾼 게 아니라 우연히 만난 커플이 나오고, 내가 그 방으로 들어간 거지만.

보통은 새 도시에 도착하면 배낭만 내려놓고 산책 나갔다가 늦은 밤이 되어서야 숙소로 돌아오는데, 이번엔 달랐다. 얼른 저녁식사부터 하고 방으로 되돌아왔다. 전망이 너무나 아름다웠기 때문이다. 해가 저물고 방안의 모든 전등을 껐다. 활짝 열린 창문 너머로 별들이 반짝였다. 천칭자리, 전갈자리, 남십자성. 지구 남반구를 채우는 별들이 이리저리 자리바꿈하는 모습을 지켜보았다. 창가를 떠날 수가 없었다. 시간이 지나고 달빛이 슬며시 방 안으로 발을 들이밀었다. 바닥이 은가루를 뿌린 듯 환해졌다. 나는 침대 위에 누웠고, 달빛이 뺨에 닿을 무렵 잠이 들었다.

숲 한가운데서 잠들기라도 한 듯 새들이 지저귀는 소리에 잠이 깼다. 사방에서 노래하는 새들이 기상을 재촉했다. 어떤 새는 깍깍거렸고, 어떤 새는 긴 휘파람을 불었고, 어떤 새는 소프라노 톤으로 가곡을 부르는 듯했다. 창을 활짝 열었다. 유리창을 열어젖히자 새들의 '합창'이 볼륨을 한껏 높이며 방 안으로 뛰어들었다.

호텔 조식을 하고 나와 마을을 산책했다. 코로이코의 전체 인구는 1만 2,000명 정도지만, 읍내 인구는 2,000명 정도에 불과하다. 하늘 높이 치솟은 야자수와 노랗게 색칠한 성당, 날씨는 온화했고 마을

Hostal
KORY
sembrar
sartawi
sembrar
sartawi
HOSTAL
OPEN
Carla's Garden
PUB
BACK-STUBE
PASTELERIA-ALEMANA
RESTAURANT
WELCOME
RESTAURANT
FLOR DE LOS ANDES
HOSTAL KORY
TERMINAL DE BUSES
BUSES TERMINAL
WESTERN UNION
FLOR de los ANDES
DESAYUNOS BREAKFAST
VARIEDAD DE CAFES
PLATOS A LA CARTA
MEALS TO ORDER
FRUIT SHAKES BEER
WINES.
JUGOS DE FRUTAS
SANDWICHES
HOSTAL KORY

길은 아늑했다. 무엇보다 나그네를 편안하게 해주는 건 나무를 깎아서 만든 상점 간판과 이정표였다. 나무에 활자를 새긴 간판이 호스텔, 펍, 레스토랑 등 가게마다 붙어 있었다. 길에서 만난 현지인의 소개로 태권도장을 구경하고, 데블 스틱을 갖고 재주를 부리는 히피 친구와 어울려 낮술을 마시는 사이 하루가 지나갔다. 밤이 깊어지자 나무로 만든 간판들도 어둠 속으로 사라졌다. 불빛 환한 네온사인 대신 나무로 간판을 만들 수 있는 건, 늦은 밤까지 일하지 않기 때문이구나! 상점 주인들도 저마다 '저녁이 있는 삶'을 누리기 위해 집으로 돌아갔다.

다음 날 호텔에서 나오기 전 사흘간 사용했던 베개를 내려다보았다. 코로이코에서 묵는 동안 내 인생의 베개가 또 하나 늘었구나! 코로이코 터미널에서 또 다른 도시로 나를 데려다줄 버스를 기다렸다. 화창한 날이었다.

고개를 들어 위를 올려다보았다. 나의 눈을 가득 채우는 완벽한 전망! '전망 좋은 방'에 묵지 않더라도, 지구 어느 곳에 있든, 누구나 완벽한 전망을 누릴 수 있다. 영화 〈전망 좋은 방〉에서 주인공 조지는 풀밭에 드러누우며 이렇게 말했더랬지.

"내 아버지께선 완벽한 전망은 오직 하나뿐이랬어. 그건 머리 위로 보이는 하늘이야!"

인류에게 축제를 허하라

고대 바빌로니아부터 브라질 삼바 카니발까지

인류가 나무에서 땅으로 내려온 이래, 가장 길고 큰 고통은 겨울이었다. 불 지필 나무와 수렵·채집할 동식물이 줄어들면 얼어 죽고, 굶어 죽고, 남은 먹이를 차지하기 위한 동족 간 싸움이 끊이지 않았다. 길어지던 밤의 길이가 멈출 무렵(동지)에야 비로소 희망을 가질 수 있었다. 그리고 밤보다 낮이 더 길어질 무렵(춘분)이면 들판마다 사냥할 동물이 뛰어다니고, 열매 맺는 나무마다 꽃이 피고, 인류는 환희의 절정을 느꼈다. 채팅방에 접속해서 공모하진 않았지만, 각 대륙에 흩어져 살던 모든 인류가 한결같은 심정이었다.

"다시 찾아온 새봄을 기뻐하며 잔치를 벌이자!"

겨우 내내 추위를 피하려고 사용한 이부자리(지푸라기, 나뭇잎, 잔가지 등등)를 모아 불을 지피고 빙글빙글 돌며 춤을 췄고, 이는 매년 봄마다 치르는 의식이 되었다. 수만 년에 걸쳐 반복된 의식은 인류의 DNA에 또렷이 각인되었다. 수렵·채집 생활을 벗어나 농사를 짓고 도시를 건설하면서도 새봄(혹은 새해. 대부분의 인류가 '봄, 여름, 가을, 겨울' 순서로 계절을 일컫는 이유는, 봄을 새해의 시작으로 여기기 때문이다)을 기리는 전통을 잊지 않았다. 새봄맞이 축제는 인류 공통의 문화가 되었다. 바빌로니아의 신년 축제, 이집트의 이시스 축제, 페르시아의 노루즈 축제, 그리스의 디오니소스 축제, 배달족의 동지와 대보름 축제에 이르기까지.

현재 지구 행성에 가장 널리 퍼진 새봄맞이 축제는 '카니발'이다.

매년 2월이면 지구 곳곳에서 카니발 축제가 열린다. 기독교 축제로 알려져 있으나, 기원은 고대 바빌로니아까지 거슬러 올라간다. 4,000년 전 바빌로니아인은 태양력(365일)과 태음력(354일) 사이에 11일가량 차이가 난다는 것을 알게 되었다. 그들은 생각했다. '새해로 넘어가기 전 우주가 11일간 멈추는 거야. 그리고 그 시간엔 신도 눈을 감을 거야!' 인류는 이 기간 동안 금기를 어기고 기존 질서와 위계를 뒤집는 의식을 치르기 시작했다. 양반탈을 씌우고 조롱하며 웃음을 터트리던 조선의 풍습과 흡사했다.

유럽인은 나중에 마스크를 썼는데, 금기를 파괴하는 데는 더욱 적극적이었다. '금기를 어겨도 되는 날'이 아니라 '금기를 어기며 노는 날'로서 축제를 즐겼으니까. 4,000년 전 바빌로이나인의 송년과 새해맞이 축제는 유럽인의 새봄맞이 축제가 되고, 이어 기독교 세계로

흡수되면서 금욕 기간(부활절 40여 일 전부터 시작)에 들기 전 진탕 마시고 노는 '카니발'로 이름을 바꿨다. 그리고 유럽인의 아메리카대륙 침략과 함께 카니발도 대서양을 건넜다.

남아메리카를 여행하는 동안 나는 두 해에 걸쳐 카니발을 경험했다. 한 번은 인구 4,000명에 불과한 볼리비아의 사마이파타에서, 또 한 번은 인구 600만 명이 넘는 브라질의 리우데자네이루에서. 두 도시 사이 인구 격차는 천 배가 넘지만, 카니발에 대한 사람들의 열정은 엇비슷했다. 인구 4,000명의 산골 마을 카니발 퍼레이드가 인구 20만 명이 넘게 사는 강릉의 단오제 퍼레이드보다 더 길고 화려했으니까. 한국에선 마을축제나 도시축제가 열려도 일상의 변화가 거의 일어나지 않는다. 평소처럼 아이들은 학교에 가고, 어른들은 직장에 간다.

남아메리카에선 축제가 열리면 마을이나 도시공동체가 다 함께 퍼레이드를 준비하고, 다 함께 축제를 즐겼다. 카니발 기간 내내 아이들은 색색의 물감을 넣은 물총을 쏘고, 어른들은 집 마당과 광장에 음악을 크게 틀어둔 채 낮술을 마셔댔다. 성직자든, 교육자든, 법관이든, 그 누구든 마당으로 불러들여 술을 권하고 춤을 췄다. 일상의 질서가 해체되고 모두가 평등한, 해방의 날들이었다. 물총에 맞아 온통 물감 범벅이 된 사마이파타 성당 신부 후안은 둔중한 엉덩이를 흔들며 한국에서 온 방랑자의 손을 당겼다.

"로! 바차타를 가르쳐줄게, 손목이랑 허리를 잡고 이렇게 스텝을 밟는 거야. 하나, 둘, 셋, 넷!"

브라질 리우데자네이루의 '삼바 카니발'을 즐기기 위해선 6개월 전부터 준비해야 한다. 2월 말~3월 초 열리는 삼바 카니발 퍼레이드(삼바스쿨의 순위를 가리는 경연대회)는 '삼바드로메'라는 유료 경연장에서 열린다. 7만 명이 넘는 관람객을 수용하지만 좋은 자리를 구하긴 쉽지 않다.

리우 삼바 카니발이 열리기 6개월 전 티켓 사이트가 오픈하자마자 접속했지만 마음에 드는 좌석을 클릭할 때마다 '판매되었음' 메시지가 연달아 떴다. '젠장 이러다 일생의 기회를 놓치는 게 아닐까?' 다행히 '첫날 2부 리그 결승 경연'과 '마지막 날 1부 리그 결승 경연' 티켓을 간신히 살 수 있었다. 티켓 구매 다음엔 숙소 예약이 기다린다. 전 세계에서 리우 카니발을 체험하기 위해 수십만 인파가 몰려들기에 서둘러 예약하지 않으면 천정부지로 오른 방값을 고스란히 다 내야 한다.

티켓 구매와 숙소 예약 후 반년을 기다려 브라질 리우로 갔다. 삼바드로메 경연장도, 리우의 거리도 온통 일탈과 환희의 도가니였다. 내 생애 이런 광경을 본 적이 있었던가?

카니발 기간은 공식적으론 일주일 정도지만, 카니발의 무드는 최소 보름, 거의 한 달간 지속된다. 삼바드로메의 경연과 별도로 리우의 광장과 대로 곳곳에서 마치 한일 월드컵에서 승전보가 울리던 날 같은 풍경이 펼쳐졌다. 참가자들은 저마다 개성 가득한 분장과 복장을 하고 대로를 휘젓고 다녔고, 북 치는 행렬을 따르며 함성을 지르고 춤을 춰댔다.

나흘간 이어지는 삼바드로메에서의 경연 퍼레이드는 밤 10시에 시작해서 새벽 5~6시까지 이어진다. 하룻밤에 4~5개 삼바스쿨이 퍼레이드를 벌이는데 각 스쿨당 참가인원은 대략 3,000~4,000명, 각 스쿨 당 공연 시간은 70분 내외, 그 해의 주제(역사, 생태, 문화 등) 중 하

나를 골라 그에 맞는 음악을 만들고, 일 년간 각종 무대장치를 준비하고, 연습한 춤과 퍼레이드를 펼쳤다. 거대한 독수리가 살아 있는 듯 날갯짓하고, 초대형 물고기가 허공에 물방울을 터트리고, 알라딘이 탄 양탄자가 공중부양을 하더니 드넓은 경연장 위를 날아다녔다. 리우의 삼바 카니발은 최첨단 기술과 인간의 창의력이 융합된 극치의 스펙터클이었다. 아라비안나이트를 표현하기 위해 '호버보드'(공중부양 보드)로 양탄자를 만들 줄이야!

'아, 죽기 전에 꼭 봐야 할 퍼레이드란 게 이런 거구나!'

마지막 날의 마지막 삼바스쿨 퍼레이드 행렬이 지나가고 화려한 불꽃놀이를 끝으로 카니발 경연이 막을 내렸다. 나는 관중들과 함께 퍼레이드 대열이 모두 빠져나간 경연장 안으로 내려갔다. 수많은 인파와 함께 출구를 향해 걸었다. 푸르스름한 하늘, 먼동이 트고 있었다. 그때 온갖 복잡한 감정이 내 안에서 소용돌이치기 시작했다. 이유는 모르겠다, 갑작스레 눈물이 터지더니 볼을 타고 하염없이 흘러내리기 시작했다. 그때의 감동과 감정을 문장으로 표현할 재주가 없다. 단 하나의 단어가 불꽃 같은 느낌표를 매단 채 하늘 위로 치솟았다.

인류!

인류는 오랜 세월 대지의 길을 따라 서로의 풍습과 문화를 주고받았다. 한 달을 35~36일, 1년을 10개월로 계산했던 켈트족은 한 해의 끝으로 여겼던 동지에 '귀신을 피하려 얼굴에 가면을 쓰고' 속을 파낸 '순무 안에 불을 켜고' 밤새 돌아다녔다. 켈트족의 '송년 의식'은 1년을 12개월로 계산하던 기독교로 흡수되면서, 10월 마지막 밤에 열리는 '핼러윈'이 되었다. 이란에서도 동지 때면 변장한 아이들이 이웃집 앞에서 접시를 두드려 견과류를 받았다. 아제르바이잔에선 아이들이 이웃집 문 앞에 바구니를 두고 나무 뒤에 숨어 사탕을 기다렸다. 배달족 또한 동지를 한 해의 마지막 날로 여기던 시절 '귀신을 쫓기 위해 붉은 팥죽을 뿌리고' '밤새 등불을 켜고' 마을을 쏘다니며 놀았다. 동지, 핼러윈, 카니발, 홀리, 삐마이 등 송년 혹은 새해맞이 축제를 부르는 이름만 저마다 달랐을 뿐이다.

그랬었는데 이젠 동지가 되어도 한국에선 놀지 않는다. 설날이나 추석 같은 명절이 되어도 거리에서 축제 의상(한복)을 거의 볼 수 없고, 그렇게 축제다운 축제가 모두 사라져 버리자 배달족의 후예들은 DNA에 각인된 인류 공통의 기억을 따라 축제가 열리는 거리들을 찾아갔다. 10여 년 전 '핼러윈'을 누리기 위한 청춘들의 최고 집결지는 서울의 홍대 앞과 이태원이었다. 특히 클럽 데이와 핼러윈이 겹친 10월 마지막 주말의 홍대 앞은 인산인해였다. 그러다 홍대 주변의 젠트리피케이션으로 인해 핼러윈 집결지는 이태원의 비좁고 가파른 골목으로 좁아들었다. 핼러윈 무렵 이태원으로 취재하러 온 카메라 앞에서 배달족 청년들이 말했다.

"여긴 마치 외국에 온 것 같아요. 자유분방하고 너무 좋아요."

"한국에서 이런 분위기 느낄 수 있는 곳이 여기밖에 없어요."

아니. 한국에서도 기존 질서와 위계를 벗어던지고 일탈과 난장으로 자유로운 축제가 펼쳐졌던 시절이 있었다. 2002년 월드컵 폴란드전 승리를 시작으로 젊은이들이 버스 지붕 위에 올라가 깃발을 흔들고, 택시운전사들은 응원 박수에 맞춰 경적을 울려대고, 장례식장에서 "만세!" 소리가 터져 나오고, 식당들이 2,002명의 손님에게 음식을 무료로 제공하고, 인사조차 하지 않던 아파트 주민들이 놀이터에 모여 함께 축배를 들고, 비키니 차림으로 바이크를 몰고 광화문 대로를 달리고, 페이스 페인팅한 채 지하철을 타고 다니고, 백주대낮 광장에서 치맥 파티를 벌이던 2002년.

이미 20여 년 전이다. 내 생애 단 한 번이었고, 제트(Z)세대는 자신이 태어난 땅에서 그런 체험을 단 한 번도 하지 못한 셈이다. 그러나 지구 곳곳에서 수많은 인류가 매년 카니발, 핼러윈, 홀리 축제 등등 저마다의 이름으로 일상의 질서를 뒤집는 축제를 자신이 태어난 땅에서 '적어도 일 년에 한 번'은 체험한다.

"아니, 우리까지 굳이 그런 축제를 즐길 필요가 있냐?"

그렇게 묻는 이에겐 빅토르 위고 원작, 인류가 사랑해온 뮤지컬 〈노트르담 드 파리〉 중 삼중창 〈벨레 Belle〉로 답변을 대신하련다. 파리의 성당 앞 광장에서 춤추고 노래하는 집시여인 에스메랄다는 자유와 예술과 축제가 인격화한 인물. 사회 질서를 상징하는 '성직자'와 '근위대장'이 '종지기'와 함께 그녀를 향한 사랑을 한목소리로 노래했더랬지.

"아름다움! 이 말은 그녀를 위해 만들어진 말인 거 같아. 그녀가 춤출 때면 마치 새가 날아오르려고 날개를 펴는 것 같아. 그녀의 치맛자락에 붙들린 내 눈길, 성모 마리아에게 기도한들 무슨 의미가 있을까? 누가 그녀에게 먼저 돌을 던지려는가? 그런 인간은 이 땅에 살아있을 자격도 없는 자."

겨울이 혹독해도 새봄은 오고, 다시 꽃이 만발하리라.

음악, 사람, 풍경이 '삼위일체'를 이룬 도시

쿠바 트리니다드

쿠바 수도 아바나에서 동남쪽으로 340킬로미터 떨어진 도시, 트리니다드로 가는 길. 택시를 잘못 잡아탄 것일까? '이소룡·성룡·이연걸'의 열혈 팬이라는 운전기사, 그는 세상의 모든 영화를 좋아하지만 무협영화를 가장 좋아한다고 강조하더니 운전하는 내내 앞을 향해 팔을 쭉쭉 뻗어댔다. '왼손으로 막고 오른손 찌르기'를 시연할 땐 양쪽 손이 운전대를 떠나기까지 했다. 쿠바에선 최첨단 자율주행이 이미 시작된 걸까? 설마! 분명 출발 전 차량을 확인하지 않았던가!

1956년산 쉐보레.

아바나를 벗어난 지 3시간째, 이소룡, 성룡, 이연걸이 한꺼번에 등장하는 이 무협영화는 언제쯤 끝날까? 택시기사가 악당의 무리들을 향해 장풍을 연달아 날리고 저 혼자 비명을 지르는 시간은 점점 더

늘어났다. 이소룡, 성룡, 이연걸, 세 액션배우의 삼위일체인 택시기사 때문에 이렇게 비명횡사하는 걸까? 성부, 성자, 성령이시여, 부디 그가 재연 중인 작품이 한 편으로 끝나는 영화이길, 부디 무협 시리즈물은 아니길 비나이다.

"트리니다드 도착했습니다."

택시가 멈췄다. 휴우, 종착지가 쿠바의 동쪽 끝이 아닌 게 천만다행이었다. 아바나 숙소에서 미리 소개받은 까사(민박)는 하룻밤에 25쿡(달러). 사흘 밤을 잘 테니 70쿡으로 깎아달라고 부탁했지만, 집주인은 단칼에 거절했다.

"지금은 쿠바 전역에 빈방이 없어!"

믿을 수 없는 말이었다. 그렇다고 5쿡 때문에 온 마을을 뒤질 순 없는 노릇. 결국 75쿡을 고스란히 지불하고 방으로 들어섰다. 후, 덥다, 여러모로 더웠다. 그때 맞은편의 낡은 에어컨이 눈에 들어왔다. 딸각. 전원을 돌렸다(분명히 말하지만, '눌렀다'가 아니다). 그와 동시에 덜덜덜, 쿠구궁… 하나의 에어컨이 아니라, 한 채의 공장이 내뿜을 만한 소음이 박민규의 소설 〈카스테라〉의 첫 문장을 카리브의 섬으로 소환했다.

이 냉장고의 전생은 훌리건이었을 것이다.

소설 속 엄청난 소음을 내는 냉장고의 전생이 축구 역사상 최악의 참사가 벌어졌던 날의 리버풀 측 훌리건이었다면, 이 에어컨은 반대편에서 "들이받아!"를 외치던 유벤투스 측 훌리건이었음이 틀림없었다. 그날의 참사로 둘 다 하늘나라로 갔다. 순서는 소설 내용 그대로다. 신은 '너희들은 열을 좀 식히는 게 좋겠다'며 한 녀석을 냉장고로, 다른 녀석을 에어컨으로 환생시켰다. 대신 두 녀석을 멀찍이 떨어뜨리는 게 지구 평화에 이로울 거라는 판단으로 냉장고는 한국으로, 에어컨은 쿠바로 보냈다. 둘 다 엄청난 굉음을 내질렀지만 그나마 다행인 건, 냉장고는 24시간 풀가동해야 제 기능을 발휘하지만, 에어컨은 그럴 필요까진 없다는 것. 그래서 전생이 훌리건이었을 에어컨과 사이좋게 지내기로 마음먹었다.

프랭크를 만난 건, 트리니다드에 도착한 첫날 식당에서였다.

하얀 담벼락, 하얀 실내 벽, 하얀 식탁보, 하얀 피부의 북아메리칸과 유러피언으로 가득 찬 공간. 기타를 메고 손님들 앞에 선 악사는 왠지 긴장되어 보였다. 아닌 게 아니라 땀방울이 송골송골 이마에 가득했다. 나는 바닷가재와 맥주를 주문한 후 잠깐 식당 밖으로 나왔다, 요리가 준비될 때까지 밤 풍경을 촬영하기 위해. 식당 앞 의자에 스물을 갓 넘긴 듯한 여자가 앉아 있었다. "이 도시의 골목은 정말 아름답네요!" 말을 건넸다. 쿠바에선 사랑에 빠지지 않을 수 없다, 사랑의 대상은 이성일 수도, 아닐 수도. 나는 트리니다드에서 자갈 깔린 골목과 사랑에 빠질 것 같았다.

"우리도 이곳이 좋아서 석 달째 지내고 있어요."
"우리라면…?"
"저 사람(기타를 멘 악사)이 남친이랍니다."
"그전엔 어디서 지냈는데요?"
"여기서 차로 80킬로미터 떨어진 튜나스가 고향이에요."

사회주의 국가라고 해서 쿠바가 북한과 비슷할 거라고 여기면 오산이다. 농산물, 공산품 등 물자는 부족하지만, 쿠바인은 자유로이 도시를 오가고, 인터넷과 SNS를 통해 바깥세계를 접한다. 쿠바는 마

치 19세기 말에 시작된 인류의 실험실 같은 곳이다. 지난 100년 사이 대부분의 실험실들이 문을 닫았다. 그러나 쿠바는 여전히 사회주의를 실험 중이다. 하긴, 이기고 지고가 중요한 문제는 아니지 않은가. 인류가 더 나은 삶을 누리기 위해, 더 나은 길을 찾는 게 중요한 거니까.

"여기서 한 달 정도 묵으면 참 좋겠어요. 월세는 보통 얼마 정도죠?"

"다른 친구들이랑 집을 빌려서 같이 써요. 방 한 칸에 월 30쿡

내고….”

그때 악사가 다가와 여자에게 말했다. “식당 주인이 안에서 기다려도 된대.”, “그냥 여기서 기다릴게.” 여자의 대답에 사내의 얼굴이 더욱 어두워졌다. ‘오늘도 수입이 없으면 어쩌지? 저녁거리도 사야 하고, 월세도 밀렸는데…’ 속을 알 순 없지만 두 연인의 표정이 그런 말을 하고 있었다. 여자는 지쳐 보였고, 사내는 의기소침했다.

사내가 식당으로 들어가고 기타 소리가 들렸다. 나도 식당 안으로 들어갔다. 손님들은 음식을 먹고, 술을 마시고 떠드느라 악사의 노래에 전혀 귀를 기울이지 않았다. 주눅 든 사내의 목소리는 좌중을 장악할 수 없었다. 나는 기타 반주에 맞춰 손뼉을 치기 시작했다. 기타 코드를 오르내리는 악사의 손가락이 차츰 부드러워졌다. 마침 나도 아는 노래라서 후렴구를 따라 불렀다. 자신감을 얻은 듯 악사의 목청이 커졌다. 그러자 식당의 손님들이 하나, 둘 대화를 멈추고 악사의 노래에 귀를 기울이기 시작했다. 바이브레이션이 멋들어진 악사의 목소리는 젊은 날의 훌리오 이글레시아스를 연상케 했다. 노래가 끝나자 너나 할 것 없이 박수를 쳤다. 성공적인, 첫 곡이었다.

세 곡을 부른 후 악사는 뜨거워진 몸을 식혔다. 사내 앞에 작은 바구니가 있었다. 조악하게 인쇄된 시디(CD) 몇 장. 앨범 표지에 그의 사진과 함께 이름이 쓰여 있었다. 프랭크 바티스타.

“프랭크? 네가 직접 부른 음반이니?”

"응, 내 이름이야."

"한 장에 얼마니?"

"10달러."

10달러라면 이 식당에서 바닷가재를 한 마리 주문하고도 남을 돈이었다. 망설이지 않았던 건 아니지만 지갑을 열었다. 어린 두 연인이 오늘 밤 편히 잠들기를 바라며. 열을 식힌 프랭크가 다시 기타를 들었다. 바구니 속엔 내가 넣은 지폐 말고는 동전 한 닢 쌓이지 않았지만, 그의 목소리가 환했다. 내가 앨범의 수록곡을 보고 신청곡을 말하자 프랭크가 고개를 끄덕였다. 빔 벤더스 감독이 쿠바의 잊힌 가수와 악사들을 찾아내 만든 〈부에나비스타 소셜 클럽〉의 대표곡.

'찬찬 Chan chan'.

자신감이 붙은 프랭크는 찬찬의 가사를 개사해 부르기까지 했다. "한국에서 이곳으로 와서 다음엔 마야리로 간다네." 남친의 노래를 여친이 바라보며 웃었다. 식당을 떠날 때, 프랭크가 다가와 고맙다고 했다. 나는 오히려 프랭크가 고마웠다. 그가 없었더라면 하얀 벽의 식당은 텅 빈 식당 같았을 테니까. 나는 거리에서 만나는 예술가들의 숫자가 그 도시의 문화적 풍요를 재는 바로미터라고 생각한다. 그리고 문화적 풍요는 시민들이 함께 연대를 표현할 때 더욱 확장된다. 연대의 표시는 동전 한 닢, 지폐 한 장으로도 가능하다.

트리니다드(Trinidad)는 '삼위일체'란 뜻이다. 관광객과 호객꾼들로 가득한 아바나에서 미간을 찡그리던 여행자들도 유네스코 세계문화 유산으로 지정된 트리니다드에선 자갈 깔린 골목을 걸으며 음악의 황홀경에 빠져든다. 바이올린과 일렉트릭 베이스 기타의 조합 혹은 아프리칸 드럼과 아코디언의 조합 등 다양한 크로스오버 음악이 안겨주는 낯선 충격과 경이로움. 트리니다드에 온 여행자들은 '중세풍 골목, 다양한 피부색깔, 음악과 춤'이 삼위일체를 이룬 세계 속으로 융해되었다가 휘발되어 날아오른다.

참, 트리니다드에 왔다면 절대 놓치지 말아야 할 곳이 클럽 〈아얄라〉다. 늦은 밤, 뒷산으로 가는 오솔길을 오르는 사람들이 있었다. 그들을 따라가자 캄캄한 공터에 군중이 웅성거리며 모여 있었다. 둘러봐도 변변한 식당이나 술집이 없는데 줄지어 늘어선 사람들. 그들의 뒤를 따르자 'Ayala'란 간판 아래로 돌층계가 이어지고 전 세계 유명 클럽은 모두 섭렵한 클러버도 입을 다물지 못할 풍경이 펼쳐졌다. 상상해보라! 강원도 환선굴이 밤마다 나이트클럽으로 변신한다면? 전쟁 시엔 야전병원으로 사용되었다는 석회암 동굴이 평화를 맞아 나이트클럽으로 문을 연 것이다.

늦은 밤 나들이에서 숙소로 돌아오면 즉각 전생에 훌리건이었던 에어컨을 깨웠다. 녀석은 미친 듯이 몸을 흔드는 허풍선이 웃음소리를 터트리며 나를 반겼다. 푸푸 카카 하하 하하하. 녀석이 내지르는 웃음소리에 전염됐는지, 때론 나까지 웃음이 터져 나오기도 했다. 분명 잠을 잘 수 없을 정도로 큰 소음인데 그 소리가 싫지 않았다. 왜 그랬을까? 웃음이든, 울음이든, 희열이든, 분노든 억누르지 말고 때론 터트리기도 해야 한다고 말해주는 것 같았다. 그렇게 소리치고, 뒤엎기도 하면서 이 세상은 '적당한 온도'에 도달할 수 있다고 말해주는 것 같았다. 늘 조금씩 부족하고 그래서 완벽하진 않더라도.

트리니다드에서 지내는 동안 프랭크, 욜리 커플과 거리에서 종종 마주치곤 했다. 프랭크는 식당 안에서 노래를 부르다가 골목을 지나가는 나를 보면 눈을 찡긋하거나 손을 흔들었다. 그리고 정들자 이별이라고 트리니다드와 헤어질 날이 찾아왔다. 다시 짐을 싸고 잊어버린 물건이 없나 둘러보고 마지막으로, 방안의 에어컨을 끌 차례였다. 손님도 없는 방을 식힐 필요는 없으니까. 작별 인사를 나눴다. '안녕!' 전원 손잡이를 비틀었다. 그러자 엄청난 샤우팅을 질러대던 녀석이 '털털털트트드드' 하며 멈췄는데, 그 소리가 길 떠나는 내게 던지는 당부 같았다.

"달아오르지도 않은 열은 식힐 필요도 없어. 때로 한껏 달아오르는 것도 나쁘진 않아. 달구고 식히고, 그런 과정을 통해서 철은 단단해지지. 인간도, 혁명도, 인류의 역사도 다르지 않아. 뜨거워지는 걸 두려워하면 단단해지지도 않는다는 걸, 명심해."

'황홀한 미로'에서 길을 잃다

쿠바 카마궤이

당신은 '십자말풀이'와 '미로찾기' 중 어느 것을 더 좋아하는가?

아이였을 때 나는 '미로찾기'를 더 좋아했다. 복잡하고 어지러운 미로를 헤매다 출구를 찾아내면 날아오르듯 기뻤다. 아무리 고난이도 문제일지라도 출구를 찾지 못한 적은 단 한 번도 없었다. 내가 미로의 '안'이 아니라 늘 '바깥'에 있었기 때문이다.

종이 위에 인쇄된 미로찾기에서 실선은 벽, 선과 선 사이의 여백은 길, 나는 미로 위에서 아래를 조망하며 출구를 찾아냈다. 그러나 실선이 아니라, 벽 너머를 볼 수 없는 3차원의 진짜 미로였다면 어땠을까? 아마 힘들었을 것이다. 세월이 흐르면서 2차원, 3차원의 미로뿐 아니라, 눈에 보이지 않는 무형의 미로도 있다는 것도 알게 되었다. 어른들의 삶 속엔 막다른 벽들과 다양한 미로들이 존재했으니까.

미로가 나오는 영화를 좋아하는가?

미로가 소재나 배경으로 등장하는 영화는 로맨스가 아니라 주로 스릴러나 공포물이다. 거대한 콘크리트 벽들로 둘러싸인 공간에서 깨어난 청년들이 움직이는 미로에서 빠져나오기 위해 고군분투하는 〈메이즈 러너〉, 신혼집 구하러 간 부부가 온통 똑같이 생긴 집들이 늘어선 주택단지에서 빠져나오려다 일생을 보내는 〈비바리움〉, 소설을 쓰다가 미쳐버린 아버지로부터 어머니와 아이가 미로로 도망치는 〈샤이닝〉. 영화 속 미로는 주인공들이 탈출해야 할 공간으로 설정된다. 그러나 지구에는 너무나 황홀해서 벗어나고 싶지 않은 미로도 있다. 쿠바에서 세 번째로 큰 도시, 카마궤이가 그런 곳이었다.

15세기 이후 스페인과 포르투갈은 남아메리카를 침략했고 남미의 광산에서 막대한 금과 은을 캐 본국으로 보냈다. 두 나라가 식민지에서 벌어들인 재화로 점점 더 부강해지자, 위협을 느낀 영국, 네덜란드 등 주변국들은 자국의 해적들에게 '사략 허가증'을 주고 스페인이나 포르투갈로 귀환하는 선박들을 약탈하게 했다. 영화 〈캐리비안의 해적〉 시리즈는 그 시절을 배경으로 한 판타지 영화다.

남아메리카 각 지역에서 끌어모은 보화가 가득한 선박들이 본토로 돌아가기 위해 카리브 연안에서 항해 도중 필요한 식량과 물을 채웠다. 그 과정에서 번성한 마을과 도시도 생겼다. 해적들이 이런 도시를 그냥 뒀을 리 있겠는가? 그들은 선박뿐 아니라 도시를 침략, 약탈하기에 이르렀고 쿠바 해안의 '산타마리아델푸에르토'도 막대한 피해를 보았다. 견디다 못한 현지인들은 해변의 도시를 버리고 내륙으로 들어가 신도시를 세웠다. 그리고 그곳에 살던 추장의 이름을 따 도시명을 붙였지. 카마궤이.

카마궤이의 길은 이리 휘고, 저리 휘고, 구불구불하다. 물론 처음부터 그랬던 것 아니었다. 처음으로 설립했던 도시는 영국 출신 해적 모건(말년에 영국령 자메이카 부지사로 임명되었으며, 영국에선 그의 이름을 딴 럼주 '캡틴 모건'을 판다)의 침략으로 불타 사라지고 말았다. 그 후 시민들은 '도시로 들어온 해적이 길을 잃도록 미로형 도시를 지었다'고 한다. 실제 카마궤이에 있는 대부분의 길들은 꺾이고 휘면서 끝이 어디로 향하는지 알 수 없다. 물론 해적의 침입에 대비한 미로형 도시는 호사가들이 꾸며낸 허구라고 주장하는 이들도 있다. 그건 단지 '성당 가까이에 살려는 주민들이 마구잡이식으로 집을 짓다 보니 미로처럼 되어버린 거'라고. 두 개의 주장이 동시에 존재하고, 모두 카마궤이 현지인의 얘기니 어느 쪽이 옳은지는 확인할 길이 없다. 그러나 카마궤이의 미로 같은 길이 황홀할 정도로 매혹적이란 사실은 아무도 부인할 수 없으리라.

카마궤이 도착 직후부터 길을 헤맸다.

물론 길을 잃어도 좋았다. 무얼 꼭 보려고 간 것도 아니고, 어딜 꼭 가려던 것도 아니었으니까. 숙소에서 나와 도보로 10분, 처음 마주친 광장에서 길이 갈라졌다. 구부정한 곡선들 때문에 '갈래'라고 부르는 게 딱 어울릴 길이었다. 오른쪽으로 접어들었다. '찰리 채플린'

의 얼굴이 벽에 붙어 있고, 술집 '카사블랑카'가 있는 시네마 거리가 펼쳐졌다. 상점가를 지나다가 한 가게 안을 무심코 들여다보았다. 두 눈이 번쩍 뜨일 정도로 강렬한 그림들이 내부를 가득 채우고 있었다. 여긴 미술관인가? 문은 닫혀 있었다. 아쉬움에 자릴 뜨지 못한 채 유리창 안을 들여다보며 서성거렸다. 그때 한 사내가 문을 열고 나오더니 손짓했다.

"들어와. 오픈 스튜디오야. 2층에 올라가도 되고 맘껏 구경해."

강렬한 색채의 그림들 가운데 둘러앉은 네 사람이 담소를 나누고 있었다. 사내가 계단을 가리켰다. 나중에 알게 됐지만, 그는 화가이자 도예가로 유명한 오스카르 로드리게스 라세리아였다. 2층으로 올라갔다. 벽면에 걸려 있는 작품과 미완성 그림들. 이젤, 붓, 나이프, 색색의 물감들. 그의 작품과 작업실을 구경하는 동안 2층으로 올라오는 이는 아무도 없었다. 그들은 이방인을 의식하지 않은 채 계속 담소를 나눌 뿐이었다. 아래층으로 내려갔다. 1층은 오스카르의 작품을 전시하고 파는 갤러리였다. 벽에 걸린 작품들을 관람한 후 다시 거리로 나섰을 땐 마치 '황홀한 색채의 미로'를 헤매다가 나온 기분이었다.

체 게바라가 그려진 건물을 지나 숙소로 돌아오던 길, 동쪽으로 난 샛길을 돌아보니 둥근 달이 떠 있었다. 스페인 식민지풍 낡은 건물들 사이 골목 끝에 은화 같은 달이 반짝거렸다. 나는 밤이 깊어가는 줄도 모른 채 인적이 끊길 때까지 달빛 쏟아지는 미로를 황홀감에 휩싸인 채 쏘다녔다. 색색으로 칠한 담벼락, 달을 향해 달려가는

듯한 자전거. '한밤의 카마궤이'는 〈밤의 미로 속으로〉라는 판타지 영화를 촬영하는 세트장 같았다. 어쩌면 초현실주의자의 꿈속으로 들어온 것 같았다.

밤이 지나고 해가 떴다.

혹시 한밤의 어둠 때문에 이 도시가 미로처럼 느껴졌던 걸까, 의심이 들었다. 숙소를 나섰다. 아니었다, 태양 아래서도 카마궤이는 여전히 미로였다. 구부러진 길과 제각각 다른 크기의 집과 상점들.

나는 발길 닿는 대로 걸었고 느닷없이 광장과 마주치면 벤치에 앉아 쉬었다. 카르멘 광장엔 쿠바 출신의 조각가 마르타 히메네스의 작품이 전시되어 있었다. 쿠바인의 일상을 묘사한 조각 작품들이었다. 신문 보는 노인을 묘사한 작품을 촬영하려는데 한 노인이 다가오더니 자신이 이 작품의 모델이라고 말했다. 내가 눈을 동그랗게 뜨자 노인이 손에 쥔 신문을 펼치며 벤치에 앉아 자세를 턱 잡았다. 조각과 똑같은 모습으로!

도시 곳곳의 조각품과 벽화도 아름답지만 카마궤이를 예술의 도시로 바꿔놓는 건 무엇보다 자전거 택시들이다. 지금껏 인도, 네팔, 캄보디아, 라오스, 페루, 볼리비아 등 여러 나라에서 다양한 인력거를 타고 자전거 택시를 봤지만, 카마궤이의 자전거 택시만큼 아름답진 않았다. 유네스코 세계문화유산으로 지정된 카마궤이 올드타운을 오가는 자전거 택시들은 저마다 움직이는 미술작품이었다. 차양막 위에 그려놓은 개성 있는 그림들이 도시를 미술관으로 만들었다.

아침에 숙소를 나온 뒤로 걷고 또 걷고, 그러다 문득 미로 같은 골목이 우리 인생 같다는 생각이 들기 시작했다. 가난하든 부유하든, 천하든 귀하든, 탄생부터 죽음까지 직진하는 인생은 존재하지 않는다. 아무리 삶을 반듯하게 계획한들 어디선가 길은 서서히 굽어져 우리를 전혀 예상치 못한 자리로 데려다 놓지 않던가? 출퇴근 길마다 지나게 되는 지하철역 환승통로가 너무 싫어서 직장을 관뒀을 때만 해도, 내가 여행작가가 될 줄은 몰랐다.

갑작스레 빗방울이 후두두 떨어지기 시작했다.

카리브해 가운데 섬나라는 하루에도 여러 차례 날씨가 돌변한다. 일단 외투 후드를 덮어쓰고 걸었다. 잠깐 지나는 여우비인가 했는데, 떨어지는 빗방울이 지면에 닿는 소리가 크게 들릴 정도로 굵어졌다. 근처에 식당이나 카페는 보이지 않았다. 언제 비가 그칠지 모르는데 마냥 걸을 순 없는 노릇이었다. 비 그을 곳을 찾는데 마침 건너편 낡은 성당이 눈에 들어왔다. 그래, 성당엔 앉아서 쉴 의자도 있겠지! 후다닥 성당 안으로 달려 들어갔다. 성당의 이름은 '산토크리스토 델

부엔 비아헤'. 부엔 비아헤! 이건 스페인어로 길 떠나는 이에게 건네는 인사말(좋은 여행 하세요!)이 아니던가?

성당 의자에 앉아 있는 동안 나처럼 비를 피하려고 사람들이 하나 둘 계속 예배당 안으로 뛰어 들어왔다. 어떤 이는 문 앞에서 거리를 보며 궂은 비가 멈추길 기다렸다. 어떤 이는 동행인과 담소를 나눴다. 어떤 이는 들어온 참에 십자가를 향해 기도를 했다. 내 눈앞에 보이는 모든 장면이 마치 어떤 상징이나 비유 같았다.

인간의 세상에 '종교'라는 게 존재해야 하는 이유가 무엇일까?

그 대답을 느닷없이 내린 빗속의 성당이 말해주는 듯했다. 인생이란 미로를 헤매다가 궂은 비 만난 이에겐 다시 해가 날 때까지 쉬어 갈 '은신처'가 필요하다고. 잠시 후 빗소리가 차츰 잦아들더니 비가 그쳤다. 사람들은 저마다 제 갈 길을 찾아 흩어졌고, 낡은 성당의 십자가가 그 모습을 물끄러미 내려다보았다.

남아메리카는 아이들을 어떻게 대했는가
볼리비아, 페루, 에콰도르, 파라과이

"서양 놈들은 예의도 모르는 것들이야!"

대한민국이 후진국으로 분류되던 시절, 주한 미국 대사나 서양인 교수가 경험한 '한국의 미덕'이 조간신문 칼럼에 실린 날엔 교사들이 사연을 전해주며 저런 말을 내뱉곤 했다. 심심찮게 전해 들었던 '한국의 미덕'은 대동소이했다.

"한국에선 버스나 지하철에 노약자가 승차하면 젊은이가 일어나 자리를 양보했다. 심지어 어린아이가 노인에게 자리를 양보하기도 했다. 내 나라에선 결코 보지 못했던 풍경이었기에 감동했다. 한국에선 약자에 대한 배려가 일상에 배어 있었다. 개인주의가 만연한 우리도 한국의 아름다운 문화를 본받으면 참 좋겠다."

그런 얘기를 들을 때면 뿌듯했고, 전해들은 사연은 입소문을 타고 퍼져나갔다. “엄마, 오늘 담임선생님이 그러시는데 미국에선….” 가난했지만 선진 국민도 본받으려는 문화를 가진 한국인이란 게 자랑스러웠다. 그랬던 한국이 어느덧 세계 10대 경제국이 되었다. 이제 우리가 우리보다 가난한 나라에서 배울 차례가 된 셈이다. 20세기의 한국 문화를 본받고 싶다던 그들처럼.

남아메리카에서 1인당 국내총생산(GDP)이 한국보다 높은 나라는 없다. 2023년 기준, 한국은 3만 3,000달러, 브라질 1만 1,000달러, 아르헨티나 1만 3,000달러, 칠레 1만 8,000달러, 우루과이 2만 2,000달러이다. 그런데 유엔의 〈세계행복보고서〉에 따르면 브라질, 아르헨티나, 칠레, 우루과이의 행복지수(1~10)는 6점 이상으로 선진국과 어깨를 나란히 하며 한국보다 높다. 국가 경제가 파탄 난 베네수엘라를 제외하면 나머지 국가들(페루, 볼리비아, 에콰도르, 파라과이)의 행복지수도 5점 중후반대로 한국과 엇비슷하다. 흔히들 말하는 '정신 승리'였을까? 2년 이상 남아메리카를 둘러본 내 경험으론 '정신 승리'라기보다는 '포용의 문화'가 이끈 행복지수가 아닐까, 하고 짐작한다. 우리보다 가난하지만, 우리가 배워야 할.

한번은 볼리비아 여행 중 비자 만료일을 놓치고 말았다. 이민청을 찾아갔다. 담당자가 지정 은행에 해당 금액을 내고 납부영수증을 받아 오라고 했다. 온라인뱅킹이 일상화된 한국과 달리 은행 밖까지 사람들이 줄지어 서 있었다. '이민청이 문닫기 전에 비자 연장 서류를 내야 하는데….' 마음이 조급했다. 줄을 서서 기다리는데 청원경찰이 자꾸만 나보다 뒤에 도착한 사람 중 몇몇을 입장시켰다. 남아메리카의 부정부패에 대해 익히 들었지만, 사람들이 뻔히 보는 데서 부정을 자꾸 저질러도 되는지 화가 났다. 내 뒷사람을 먼저 들여보내면 내 차례가 늦어질 건 뻔한 일이었다.

1시간쯤 지나서야 은행 안으로 들어섰다. 번호표를 뽑고 기다렸다. 그 와중에도 청원경찰이 몇몇 사람들을 정중히 모시며 은행 안으로 들어와 번호표도 뽑지 않고 먼저 일을 보게 했다. '저들은 귀빈(VIP)이라도 되는 건가, 번호표도 없이 바로 일을 보게 하다니!' 근데 그들의 차림새는 귀빈이라기엔 너무나 평범했다. 나는 새치기(?)를 시켜주는 고객들을 차례차례 관찰했고 여덟 번째 이르러서야 공통점을 찾아냈다. 그 고객들은 어린아이와 함께 온 이였다.

"여기도 그래요!"

페루 쿠스코에서 식당을 운영하는 한국인 부부와 식사를 하다가 볼리비아에서 겪었던 얘기를 꺼냈더니 페루도 마찬가지라고 했다. 은행뿐 아니라 우체국, 동사무소 등등 다른 관공서에서도 어린아이와 함께 온 부모나 임산부는 차례를 기다리지 않고 먼저 일을 볼 수 있도록 배려한다고 했다. 새 생명이, 새 생명을 낳은 어버이가, 새 생명을 양육하는 이가 그 사회에서 가장 존중받아야 할 귀빈이었다.

"페루 초등학교엔 아침 급식도 있어요. 집이 멀거나 식사 거르고 등교한 아이들을 위한 배려죠."

그런 얘길 들으며 나는 고국을 떠올렸다. 태어날 아이들을 미래의 노동력 제공 대상으로 여기며 출산율을 걱정하는 모습을, 매년 신생아를 위한 국가지원금은 늘지만 출산율은 하락 일변도인 모습을. 어쩌면 국가지원금의 액수가 문제가 아니라 새 생명과 그 새 생명을 낳고 양육하는 이를 존중하지 않는 시선과 언행이 모여 경제협력개발기구(OECD) 출산율 최하위 국가를 만든 게 아니었을까? 브라질 고속버스터미널 매표소 앞에 줄을 섰는데 한쪽에선 줄 서지 않은 사람들이 즉시 표를 구매했다. 아이를 동반한 이들과 노약자를 위한 별

도의 매표소였다.

한국을 포함한 전세계 대다수 국가가 비준한 '유엔아동권리협약' 제3조는 말한다.

'정부는 아동의 이익을 최우선으로 고려하여 정책을 수립하고 시행해야 한다.'

에콰도르의 장수마을 빌카밤바에서였다. 광장에서 떠돌이 악사의 노래를 듣고, 수공예품 파는 히피에게 아야와스카 나무로 만든 목걸이를 산 후, 호스텔로 돌아오던 길이었다. '오늘 저녁은 스파게티를 요리해 먹을까?' 하고 골목길 모퉁이 점방에 들렀다. 상품 진열대 사이를 오가는 사이 가게 여주인의 목소리가 들렸다.

"미 아모르, 숙제부터 하고 티브이(TV) 봐야지!"
"미 아모르, 엄마 머리 끈은 또 어디에 뒀니?"

진열대에서 토마토·파프리카·마늘은 골랐는데 스파게티 면을 찾을 수 없었다. "스파게티 면은 어딨죠?" 상품 진열장 사이로 나타난 아주머니가 선반 아래를 가리키다가 바닥에 뒹구는 장난감을 발견했다. "미 아모르, 장난감은 치워야지!" 하고 딸을 꾸짖었다. 근데 꾸짖는 말이 언제나 '미 아모르', 즉 '내 사랑'으로 첫마디를 떼선지 '미 아모르'를 두운으로 한 시를 낭송하는 듯했다. 잔돈을 받으며 아이 얼굴을 보았다. 티브이를 더 보고픈지 행동이 느릿느릿했지만 얼굴에서 심술을 찾을 순 없었다. 하긴 '내 사랑'이라고 부르는데 모를 리 있겠는가, 엄마가 잔소리를 늘어놓기도 하지만 자신을 진정 사랑한다는 사실을.

한국 아동이 부모로부터 가장 듣고 싶은 말 1위는 "잘했어!"이고 2위는 "항상 사랑해!"라고 한다. 에콰도르 빌카밤바의 가게 주인뿐 아니라 볼리비아인 내 친구 넬슨도 어린 딸에게 말을 걸 때면 항상 "내 사랑"이라고 먼저 불렀고, 훈육할 때조차도 '내 사랑'이라고 불렀다. 잔소리할 때조차 상대를 '내 사랑'이라 부를 수 있을 만큼 여유로운 사회였던 걸까? 한국 아이뿐 아니라 모든 아이는 잘했든, 못했든 "항상 사랑해"라는 말을 듣고 싶어 한다. 사랑받는 것만큼 기쁜 일은 없기에.

한번은 파라과이 여행 중 소도시의 초등학교를 방문했다. 건축가 유현준의 조언대로 학교 건물을 지은 듯 1층 교실로만 이루어진 곳이었다. 각 반의 학생들이 교실 문을 젖히고 나오면 바로 운동장이었다. 특수학급 교사가 학교를 안내해줬다. 발달장애 학생들을 위한 교실이 일반교실들 가운데 자리했고, 다양한 연령의 발달장애 학생들이 교실에서 그림을 그리고 퍼즐을 풀었다. 따르릉! 쉬는 시간 종이 울리자 일반학급의 학생들이 바로 옆 발달장애 학급으로 뛰어 들어왔다. 어린아이들이 좋아하는 교구로 가득했기 때문이다. 발달장애 학생과 비장애 학생이 머리를 맞대고 퍼즐을 맞췄다.

"이건 이렇게 놓아야 하지 않을까?"

"아냐, 이게 맞다니까!"

한국에서 정규교육을 받으면서 한 번도 경험한 적 없었던 풍경이었다. 그래서 모든 게 너무나 낯설었지만, 장애 구분 없이 아이들이 다함께 어울려 퍼즐을 풀고 그림을 그리는 모습이 너무나 아름다웠다. 학교 수업이 모두 끝나고 키 작은 일반 학생과 덩치 큰 발달장애 학생이 손잡고 얘기 나누며 교문 밖을 나가던 모습을, 나는 잊을 수가 없다. '포용의 문화'로 인간의 행복지수는 올라간다.

만약 한국이 200명이 사는 마을이라면 200명 중 10명이 장애인이고, 10명 중 1명은 발달장애인이다. 전국이 아니라 수도권으로 한정하면 장애인 인구비는 20퍼센트까지 올라간다. 그러나 이렇게 높은 비율과 달리 비장애인이 장애인을 마주치는 횟수는 극히 드물다. 이동의 불편함 때문에 장애인이 집을 나서기 어렵기 때문이다. 장애인과 비장애인이 같은 마을에 살지만 동떨어져 산다.

장애인 이동권을 위한 예산을 늘리자는 요청엔 무심하고, 특수학교와 일반학교를 통합하지도 않은 채, 자신의 주거지에 특수학교가 설립되는 건 거부하는 모습을 떠올리면 영화 〈원더〉의 대사가 지나가곤 했다. 남들과 다른 외모로 태어난 주인공이 처음 초등학교에 갔던 날, 교사는 칠판에 '오늘의 격언'을 적고 아이들에게 전한다.

'옳음'과 '친절' 사이에서 하나를 선택해야 한다면, 친절을 선택하라!

비장애인이 장애인과 '함께'가 아니라 '따로' 살려는 정서가 팽배해 있는 사회에선 어떤 부모도 마음 편히 출산할 수 없을 것이다. 장애로 태어난 아이가 살아갈 세상이 너무나 가혹하기 때문이다. 장애뿐만이 아니다. 성별, 피부색, 출신지, 가족 형태, 학력, 성적지향 등으로 차별받지 않을 때, 모든 부모가 마음 편히 새 생명을 낳을 수 있지 않을까? 그런 의미에서 '차별금지법'은 단지 인권에 관한 문제가 아니라, 대한민국의 존립과 직결되는 문제인지도 모르겠다.

"서양 놈들은 예의도 모르는 것들이야!"

더 이상 학생들 앞에서 그런 비난을 하는 한국인 교사는 없다. 비난의 근거를 제공하던 칼럼도 보기 어렵고, 지하철에서 노약자를 위해 자리를 양보하는 모습도 보기 드물어졌다. 대신 대한민국은 세계에서 7번째로 '인구 5,000만 명 이상이면서 1인당 국내총생산 3만 달러가 넘는 국가'가 되었다. 이런 대한민국이 만약 유럽 한가운데 있다면, 유럽연합에 가입할 수 있을까? 정답은 '없다'이다.

유럽연합의 가입 조건은 '차별금지법이 제정된 나라'이기 때문에.

| 2장 |

천 개의 베개가 나를 빛나게 했다

인류는 별을 좇던 이들의 후손이다
나미비아 테라스 팜

"천만 넘은 거 아세요?"

서종백 촬영감독의 전화를 받고 신종 바이러스에 감염된 확진자 수를 말하는 줄 알았다. "세계테마기행 〈두 개의 바다가 만나다, 나미비아 1~4부〉 유튜브 조회수가 천만이 넘었어요!", "천만이나 된다고?" 그와 통화를 끝내고 유튜브를 열었다. 검색어로 EBS를 입력하고 조회수로 정렬하니 역대 〈세계테마기행〉 중 조회수 1위일 뿐 아니라 역대 EBS의 유튜브 업로드 동영상들 중 조회수 3위에 올라 있었다. 이게 대체 뭔 일이래?

김도훈 피디, 서종백 촬영감독, 홍영아 방송작가, 박진호 코디네이터가 차려준 밥상에 숟가락만 얹었을 뿐인데, 조회수가 천만 회가 넘었다면 앞으로 외출 시마다 마스크 쓰고 다녀야 하는 거 아냐?

영상 아래 매달린 댓글을 훑어보았다. 한국어, 아랍어, 영어, 스페인어…. 천만 시청자가 유럽·아시아·아프리카·아메리카 등 전 대륙에 분포하고 있었다. 코로나19 팬데믹 때문에 벌어진 현상일까? 국외여행도 못 가는 마당에 여행 다큐멘터리나 보자, 뭐 그런.

영상을 다시 보고 있노라니 TV 방영분엔 수록되지 않은 비하인드 스토리들이 뭉글뭉글 떠올랐다. 당시 김도훈 피디도, 서종백 감독도, 나도 아프리카의 신생국가 나미비아 여행은 처음이었고, 항공촬영과 스테디캠 촬영 등 전에 없던 시도까지 하면서 하루, 하루 좌충우

돌의 나날이었다. 특히 사막에서 스카이다이빙은 애초의 방송기획안에도 없던 일이었으니.

"노 작가, 스카이다이빙은 절대 안 돼!"

"이제 와서, 왜, 한 입으로 두 말하고 그래?"

"다른 출연자들은 시켜도 안 할 짓을, 노 작가는 왜 하려고 그래? 그 위험한 걸 왜?"

"에미넴의 〈루즈 유어 셀프 Lose Yourself〉란 노래가 있지. 가사가 이래. '네가 바랐던 모든 걸 한 번에 움켜질 수 있는, 단 한 번의 기회가 주어진다면? 넌 붙잡겠어, 아니면 날려버리겠어?' 사막과 바다가 만나는 지점에서 스카이다이빙을 할 수 있는 기회는 쉽게 오지 않아."

"낙하산이 펴지지 않아서 처박힌 사고가 며칠 전 세계토픽에 올라와 있더라. 그런 대형사고가 아니라 출연자 다리만 접질려도 촬영 접어야 한다고. 스카이다이빙만은 절대 안 돼!"

"그럼 애초에 약속을 안 했어야지. 나는 스카이다이빙을 할 수 있는 개인 시간 준다고 해서 나미비아에 온 건데! 정 불안하면 날씨에 맡기자. 악천후로 비행기가 못 뜨면 나도 깨끗이 접을게."

"좋아. 당일 아침 비행기 못 뜨면 무조건 접는 거야, 오케이?"

"오케이!"

그동안 방송 출연 제의를 사양하다가 세계테마기행 나미비아 편 출연을 받아들였던 건, 두 가지 이유 때문이었다. 첫째 인류가 최초로 대지를 딛고 걸음마를 시작한 아프리카가 촬영지라는 것. 둘째 사막과 바다 사이에서의 첫 스카이다이빙을 할 수 있는 기회! 키아누 리브스와 패트릭 스웨이지가 주연한 영화 〈폭풍 속으로〉를 본 후 스카이다이빙은 내 인생의 위시리스트 1순위였다. 더구나 '거대한 사막'과 '대서양'이란 두 개의 바다(?)가 만나는 지점에서 뛰어내린다면 생애 최고의 첫 경험이 될 것이 확실했다.

"When Was The Last Time
You Experienced Something For The First Time?"
"당신이 마지막으로 첫 경험을 했던 건 언제였나요?"

월비스베이에 도착 후 찾아간 여행사 사무실 벽에 시선을 묶어버리는 문장이 커다랗게 쓰여 있었다. 아이 땐 모든 순간이 첫 경험이다. 처음 나비를 보는 것도, 처음 별을 보는 것도, 처음 꽃향기를 맡는 것도, 처음 파도 소리를 듣는 것도, 처음 빗소리를 듣는 것도…. 그러나 세월이 흐르고 수많은 경험이 축적되면서 첫 경험이라고 할 거리는 차츰 사라진다. 그랬는데 1만 피트 상공을 나는 비행기 밖으로 뛰어내는 것. 얼마 만에 맞이하게 될 첫 경험인가? 들뜬 감정이 쉽게 가라앉질 않았다.

"예약은 해드리지만, 내일 날씨에 따라서 스카이다이빙을 못 할 수도 있어요."

여행사 직원이 설명하자 김도훈 피디가 반색하며 내게 말했다.

"들었지? 촬영 일정상 내일 오전밖에 빈 시간이 없어. 12시 전에

비행기 못 뜨면 깨끗이 접는 거야!"

다음날 아침, 김 피디의 바람과 달리 날씨는 쾌청! 예정대로 비행기가 뜬다는 통보가 날아들었다. 그리고 막상 내가 스카이다이빙을 하게 되자, 직업의식이 발동한 김 피디가 돌변했다. 스카이다이빙을 촬영해서 방송에 내보내겠다는 것이다. 그러나 키 190센티미터, 그에 상응하는 무게의 서종백 촬영감독이 경비행기에 합승할 수 있는 여유 공간은 없었다. 초소형 세스나기엔 조종사 포함 정원 6명이 가득 차 있었다. 그러자 김 피디는 본인과 나의 몸무게를 합치면 덩치 큰 사람 한 명분의 무게라며 우기고 우겨서 기어코 세스나기에 올라탔다.

비행기가 활주로를 날아올랐다.

근데 이런! 실내 안전벨트가 충분하지 않았다. 나에게 할당된 안전벨트를 김 피디에게 양보하자, 정작 나는 활짝 문이 열린 경비행기 안에서 안전벨트조차 없이 완전 무방비 상태가 되고 말았다. 이상기류라도 만나서 경비행기가 흔들리면 어디를 잡아야 하지? 동체가 기울면 비행기 밖으로 튕겨 나갈 지경이었다. 식은땀이 흘렀다. 긴장이 되지 않을 수 없었다. 고도 1만 피트에 이르자 조종사가 신호를 보냈다. 이젠 전문 스카이다이버와 허리벨트를 체결해야 할 차례. 근데 김 피디가 들어온 바람에 비행기 문은 활짝 열려 있고, 내 몸을 움직일 공간이 충분하지 않았다. 겨우겨우 이리저리 몸을 옮겨 전문 스카이다이버와 벨트를 연결했다. 드디어 비행기 밖으로 두 발을 내밀고 아래를 내려다보았다. 붉은 사막과 푸른 바다가 어우러진 장관이었다. 발 디딜 곳 없는 허공으로 뛰어내리는 건 어떤 기분일까?

순간, 앞으로 고꾸라지듯 비행기 밖으로 몸이 떨어져 나갔다.

추락과 동시에 바람이 머리칼을 귀 뒤로 넘겼다. 이 느낌을 어떻게 표현하지? 분명 시속 200킬로미터로 낙하하는데도, 땅이 멀기만 하니 마치 제자리에 둥둥 떠 있는 것 같았다. 50초가량 지난 후 낙하산이 활짝 펼쳐졌다. 마치 온몸의 세포가 동시에 꽃을 피우는 듯한 느낌이었다.

스카이다이빙을 끝낸 이후 촬영은 아주 순조로웠다(?). 자동차 바퀴가 모래 구덩이에 빠지면 뒤에서 밀고, 대서양 해류가 일으킨 거센 바람이 불면 몸을 앞으로 기울여 걷고, 사막을 만나면 오르고…. 18일 만에 이동 거리가 5,000킬로미터를 넘어서고 있었다. 지구 둘레의 8분의 1에 해당하는 거리다. 촬영도 막바지에 이르러 수도 빈트후크로 돌아가던 차 안, 늘 방송 거리를 포착하기 위해 이동 중에도 뜬 눈이던 김 피디가 꾸벅거렸다. '조는 걸 보니 방송 분량을 다 채운 모양이구나!' 아프리카 대륙의 고원 협곡을 지나던 중 박진호 코디네이터와 서종백 감독이 감탄사를 내질렀다.

"이야, 여기 정말 멋지다!"

"이런 데서 하룻밤 자면 정말 좋겠네!" 김 피디도 잠에서 깼는지 한마디를 보탰다.

아닌 게 아니라 모두 같은 심정이었다.

"이 근처에서 일박하자! 내일 귀국 비행기 타는 거 빼면 오늘은 딱히 촬영 스케줄도 없잖아?" 내가 김 피디를 돌아보며 물었다.

"그렇긴 하지. 박 선생님, 숙박할 데가 있는지 찾아봅시다!"

그렇게 해서 깃든 〈테라스 팜 게스트하우스〉. 해발 1,400미터, 기암괴석 테라스 산들이 둘러싼 분지 한가운데 있는 외딴 숙소였다. 입구로 들어서는 길에 이런 팻말이 붙어 있었다. '절대고독을 즐길 사람만 오시오.'

게스트하우스에 방은 달랑 하나밖에 남아 있지 않았다. 굳이 이 곳에서 묵겠다면 화장실과 바비큐장이 딸린 야영장이 있다고 했다. "박 선생님은 방에서 주무세요. 우린 텐트 치고 잘 테니." 야영장에서 묵을 준비를 하는 동안 대서양에서 불어온 바람이 나미브 사막을 지나 고원지대까지 들이닥쳤다. 강풍에 날아가는 텐트를 붙잡으며 간신히 잘 채비를 마쳤다. 해가 저물고 나서야 바람이 잦아들었다. 저녁식사 도중 별똥별 하나가 휙, 지나갔다.

"방금 지나간 별똥별 봤지?" 두 사람에게 내가 물었다.

"난 봤어요, 엄청나게 크던데요!" 서종백 감독이 답했다.

"난 못 봤는데, 둘이서 나 놀리는 거지?" 김도훈 피디가 노려보았다.

"놀리긴! 지구 어디서나 하루 평균 서른 개 이상 유성을 볼 수 있어. 단지 도시가 너무 환해서 우리가 못 본 거지."

"타임랩스로 유성을 촬영한 적은 있어도, 내 두 눈으로 직접 본 적은 없어. 근데 하루에 서른 개나 지나간다고! 그렇게 많아?"

"이 친구가 속고만 살았나, 여긴 다른 불빛도 없고 하늘이 맑으니까 밤새우면 서른 개 넘게 볼 거야."

그런데 서른여 개의 별똥별을 보기 위해 밤을 새울 필요조차 없었다. 유성이 많이 떨어지기로 유명한 나라인 건 알고 있었지만, 한 시간이 채 되지 않아 서른 개 넘는 유성을 보게 될 줄이야! 한 시간 동안 우리 세 사람이 반복해서 했던 말은 "어, 저기 지나간다.", "앗, 저기도!", "오, 저기도!" 한 시간쯤 지나 흥분을 가라앉히며 김 피디가 말했다. "이번 촬영은 좀 이상해. 출장을 오면 늘 일하는 기분이었거든. 근데 이번엔 진짜 여행 같아…."

두 사람이 각자의 텐트로 들어간 후 나는 커다란 바위 위에 침낭을 펼치고 누운 채 하늘을 바라보았다. 이런 시간을 경험할 기회는 우리 생에 흔치 않다. 별똥별이 눈송이처럼 하염없이 밤하늘에 하얀 빗금을 그으며 쏟아졌다. 그 모습을 지켜보며 나는 인류가 걸음마를 시작한 땅에서 시작된 긴 여정을 떠올렸다.

아프리카 대륙을 벗어난 인류는 중동, 서남아시아, 동북아시아, 베링해협을 건너 1만 5,000년 전 아메리카 대륙에 닿았다. 인류가 전 지구로 퍼지는 동안 이동의 큰 흐름은 동쪽이었다. 많은 과학자가 인류 이동의 원인을 식량과 기후변화 때문이라고 설명하는데, 방향이 동쪽인 이유까지 자세히 알려주진 않는다.

'인류는 왜 동쪽으로 갔을까?'

나는 '태양을 좇아서'라고 생각한다. 아침에 떠올라 낮 동안 '따뜻한 열기'를 주다가 서쪽 끝으로 사라진 후, 다시 동쪽에서 떠오르는 태양. 인류는 '해가 뜨는 지점'에 낙원이 있을 거라고 여겼으리라. 하여 한 세대가 가면, 다음 세대가 뒤를 이어서 태양을 좇았다. 그리고 일생을 따라가도 자신이 이동한 거리만큼 더 뒤로 물러난 일출을 보며 생을 마감했다. 수많은 세대를 거듭하여 남아메리카의 끝자락 파타고니아에서 인류가 마주한 건 바다 저편으로 지는 해였다. 아메리카 대륙 전역에 걸쳐 태양 숭배 문화는 거의 모든 부족의 공통점이다. 해를 좇아 지구 끝까지 온 이들이 그들의 조상이기에.

지금 당신이 있는 자리에서 가장 크고 밝게 보이는 건 어느 별일까?

대부분 시리우스나 북극성 같은 틀린 답을 내놓는다. 익숙한 별들에 비해 너무 크게 보이고 지나치게 밝아서 우린 태양이 별이란 걸 잊는다. 인류가 내내 좇은 건 태양이란 별이었고, 지금도 인류는 '별을 좇는 여정'을 계속하고 있다. 하여 별을 좇던 기억이 DNA에 각인된 인류는 머잖아 또 다른 별을 향해서 떠나리라…. 아흔일곱, 아흔여덟, 아흔아홉, 백! 여기까지 별똥별의 숫자를 세고 나는 잠이 들었다. 그리고 아침이 되자 아프리카 대륙 위로 해가 떴다. 이글거리는 일출 앞에 서자 태양이란 별을 향해 나아가던 조상의 눈동자가 느껴졌다.

인류는 별을 좇던 이들의 후손이다.

열기구 타고 구름 사이로, 환대의 나라에서
터키 카파도키아

"환대란 시(詩)적인 행위이다."

프랑스 철학자 자크 데리다가 남긴 말이다. 2004년 그는 지구의 문지방 너머 또 다른 행성으로 떠났다. 새로운 행성에서 절대적 환대를 받았을까? 일찍이 그는 손님의 이름도 묻지 않고, 보답도 바라지 않으며, 모든 걸 내주는 환대를 '절대적 환대'라고 불렀다. 비록 우리가 살아가는 세상에선 '절대적 환대'가 불가능하다고 분석했지만, 그는 환대로 충만한 세계를 희망했으며, 무엇보다 환대가 점점 사라져가는 세계를 안타까워했다. 세상의 뭇 철학자는 세계를 분석하고, 혁명가는 세계를 변화시키며, 여행자는 세계를 떠돌며 자신의 경험을 나눈다. 환대가 젖과 꿀처럼 흐르던 시절의 경험을….

유럽과 아시아의 문지방인 튀르키예에서 받았던 환대는 내 기억

속에 또렷이 남아 있다. 1950년 한국전쟁 당시 연합군으로 참전했던 그들은 지금도 한국을 피를 나눈 '형제의 나라'로 기억하고 있었다. 실제 튀르키예인의 조상은 우리와 가까운 이웃이기도 했다. 고대 역사서에 등장하던 '돌궐족' 말이다. 유목민이던 그들은 고구려, 한족의 나라, 몽골과 충돌하며 중앙아시아를 거쳐 서쪽으로 이동했고, 이윽고 유럽과 아시아에 걸친 대제국을 건설했다. 오스만튀르크. 그 후 전성기가 저문 뒤 1차 세계대전, 독립전쟁 등 복잡다단한 과정을 겪은 다음 1923년에 세운 신생공화국이 현재의 튀르키예(Turkey)다. 튀르크의 땅, 돌궐족의 나라.

유라시아 횡단 길에서 처음 튀르키예를 방문한 이후 18년 만에 다시 튀르키예를 찾았다. 이번엔 세계테마기행 출연 건으로 촬영 팀과 함께한 터라 짧은 기간에 여러 도시를 방문해야 했다. 이스탄불, 에디르네, 부르자, 안탈야, 코니야…. 20여 일 만에 10여 개 도시를 방문했으니 이동의 연속이었다. 사실 여행이라기보단 사진첩을 들춰보는 기분이기 십상이었는데, 그런 와중에 내 마음을 온통 휘젓는 장소가 하나 있었다. 튀르키예 중부 악사라이 지역을 지날 때였다.

“이 근처에 실크로드 유적이 있어요. 한번 가볼래요? 촬영 계획엔 없지만 잠깐 짬을 낼 순 있어요.” 현지 코디네이터인 박광희 씨가 말했다.

“그 유적 이름이 뭐죠?”

“카라반세라이입니다.”

순간, 눈이 번쩍 떠졌다. 카라반세라이는 ‘상인’을 뜻하는 ‘카라반’(Caravan)과 ‘저택’을 뜻하는 ‘세라이’(Serai)의 합성어로서 조선시대의 ‘객주’ 같은 곳이다. 한반도가 아닌 1만 킬로미터가 넘는 실크로드에 있다는 게 다를 뿐. 당시 값비싼 비단(고대 로마인 사이에서 중국산 비단으로 지은 옷은 부를 자랑할 수 있는 최고의 명품이었다)과 더불어 향신료, 보석, 도자기 등을 낙타 등에 싣고 이동하던 상인들은 늘 강도들의 표적이었다. 낮 동안 20~30킬로미터를 이동하고, 해가 저물면 카라반세라이에 깃들었다. 숙박·위탁판매·물물교환·경호업무 등 무역상들에게 필요한 모든 서비스가 제공되고 심지어 사흘간 숙식은 무료였으니, 다양한 민족 출신의 이방인들로 들끓는 카라반세라이만

큼 재밌는 장소가 있었겠는가?

나는 악사라이 소재 카라반세라이로 들어섰다. 현존하는 카라반세라이 중 가장 큰 규모라고 했다. 수용 인원 3,000명, 짐 실은 낙타가 들고 날 수 있을 13미터 높이의 정문, 닫으면 그 자체로 요새였다. 안마당을 가로질러 곧장 낙타가 머물던 방으로 들어갔다. 유적을 방문할 때마다 나만의 관습이 있다. 첫 번째 유물이나 마음에 드는 장소를 찾아가 '환청'이 들릴 때까지 기다리는 것이다. 낙타를 묶던 돌기둥 사이를 걷노라니 환청이 차츰차츰 크게 들리기 시작했다. 낙타 울음소리, 각기 다른 부족어로 떠드는 짐꾼들의 대화. 나는 환청을 따라 햇볕 내리쬐는 마당으로 다시 나왔다. 나무 위에선 새들이 짹짹거렸고, 상인들이 피로를 달래기 위해 저마다 자기 고장의 악기로 연주하고 합주를 하기도 했다. 오랜만에 경험한 최고의 환청이었다.

카라반세라이의 기원은 기원전 500년까지 거슬러 올라간다. 2,500년 전 다리우스 1세는 페르시아를 동서로 잇는 고속도로를 만들었다. 2,700킬로미터에 이르는 왕도(Royal Road)는 훗날 중국의 시안까지 잇는 무역로로 활용되면서 실크로드에 흡수되었다. 헤르도토스에 따르면 로열로드를 따라 곳곳에 역이 존재했으며, 오가는 이의 피신처로 활용되었다고 한다. 그것이 카라반세라이의 기원이다. 카라반세라이는 12~13세기를 거치며 수백 개로 불어났다. 순례자 숙소 '알베르게' 덕분에 산티아고 길이 성황이듯이, 만약 '카라반세라이'가 없었더라면 실크로드도 꽃을 피우지 못했을 것이다. 동쪽 끝에서 서쪽으로 이동하는 동안 세계 각지의 문화를 접한 유목 부족 튀르크인은 손님을 '하늘이 준 선물'로 여겼다. 그들의 정신적 유산은 현재의 튀르키예인으로 이어졌다.

악사라이의 카라반세라이에서 나와 괴뢰메로 가던 길이었다. 삼륜트럭이 우리 일행이 탄 차량 곁을 지나쳤다. 연출을 맡은 신동신 피디가 얼른 박광희 선생에게 통역을 부탁해 트럭운전사에게 말을 걸었다. "잠깐 빈자리에 한 사람 태워줄래요?" 운전사가 흔쾌히 고개를 끄덕였다. 출연자인 나를 태운 트럭은 마을로 들어섰고 공터에 섰다. 그리곤 펼쳐진 장관. 사전에 섭외한다고 해도 그처럼 큰 '양떼'를 모으긴 쉽지 않았을 것이다.

천 마리 넘는 양 떼가 자욱한 흙먼지를 일으키며 몰려오고 있었다. 사내들이 양 떼를 공터로 몰면, 아이들은 어미 양을 끌어안았고, 여인들이 젖을 짰다. 미처 예상치 못한 대소동이었다. 사람이 먹을 젖을 다 짠 후에야 양치기가 새끼 양 떼를 몰고 왔다. 양의 수는 더욱 불어났다. 그 속에서 어미 찾는 새끼 양의 울음소리. 저마다 젖을 물고 난 후에야 소동이 잦아들고 한 여인이 내게 양젖이 담긴 병을 내밀었다.

"맛 한번 보실래요?"
"우와, 정말 신선하고 고소해요!"
"하하하! 여기 온 김에 우리 집에서 간식이라도 들고 가세요."

낯선 손님을 스스럼없이 초대하는 사람들이었다. 온 가족이 우리 일행을 환영했고 양젖으로 치즈 만드는 과정과 오랜 시간이 지나도 상하지 않는 빵 '에크멕'을 보여주기도 했다. 지금은 한곳에 정주해 살지만, 일상 곳곳에 유목민의 문화가 그대로 남아있었다. 손님의 이름도 묻지 않고, 보답도 바라지 않은 채 베푸는 환대도!

"양털로 짠 양말이에요. 겨울에 신으면 따뜻해요. 가지세요"

심지어 그들은 처음 우연히 만난 우리에게 잠까지 자고 가라고 했다. 집집마다 손님들을 재울 수 있게 침대로 변하는 소파를 갖고 있었다. 그들과 늦은 밤까지 어울려 놀고 싶었지만 촬영 일정 때문에 떠날 수밖에 없었다. "여행하다가 쉬고 싶으면 또 와요. 며칠이든, 몇 달이든 여기 머물러도 좋아요!" 작별 키스를 나누고 차량에 오르자 박광희 선생이 시동을 걸며 말했다.

"대도시는 다르지만 시골을 여행하면 튀르키예 곳곳에서 이런 환대를 받게 된답니다. 무엇보다 한국인을 더욱 반기죠. 튀르키예어를 몇 마디 할 줄 알고, 이동할 수 있는 여비만 있으면 몇 달이고 이런 식으로 여행할 수도 있어요."

해 질 무렵 카파도키아의 괴뢰메 마을에 도착했다. 버섯처럼 생긴 기암들로 유명한 마을이었다. 사람들은 기암들을 '요정의 굴뚝'이라고 불렀다. 300만 년 전 화산 대폭발과 지진이 이어진 후 땅이 홍수와 바람에 풍화되면서 협곡으로 변했고, 수많은 기둥이 생겨났다. 화산재가 굳은 응회암은 화강암에 비하면 적당히 무르기도 해서 뾰족한 돌이나 곡괭이로 쉽게 뚫거나 파낼 수 있었다. 그래서 이곳 사람들은 집을 짓는 게 아니라, 집을 팠다. 근현대로 접어들면서 동굴 집을 떠나는 주민이 늘긴 했지만, 여전히 동굴 집에서 사는 이들이 있고 여행자를 위한 숙소로 개조되기도 했다.

다음 날 새벽엔 열기구를 타고, 점심 무렵엔 우치히사르 성을 둘러보고, 오후엔 버섯 모양으로 치솟은 기암괴석을 배경으로 촬영을 마친 후 숙소로 돌아오던 저녁이었다. 갓길 따라 당나귀 수레를 몰고 가는 농부가 있었다. 출연자가 당나귀 수레를 탄 풍경은 분명 여행 다큐멘터리를 더욱 돋보이게 할 터, 신동신 피디가 또다시 말을

PL
US

걸었다. "뒷좌석에 잠깐 타도 될까요?" 그러나 돌아온 대답은 양 떼 마을의 삼륜트럭 운전사와 달랐다.

"당나귀 수레를 타고 싶으면 돈부터 내!"

노인은 탑승료로 한국 돈으로 환산하면 대략 5,000원 정도를 요구했다. 흥정 끝에 노인이 부르는 값을 치르고 올라탔다. 세계적 관광지라서 그런지 노인은 사사건건 비용을 요구하며 심술을 부렸다. 신피디의 의욕은 차츰 떨어졌고 그렇게 촬영이 끝날 줄 알았다. 그랬는데 1시간쯤 지나 상황이 이상하게 전개되기 시작했다. 심술이 어디로 사라졌는지 저녁을 대접하겠다며 우리 일행을 자기 집으로 초대하는 게 아닌가? 뜻밖이었다. 그를 따라갔다.

할머니께선 낯선 우리를 웃으며 반겼고 술까지 곁들인 저녁식사 한 상을 차려주었다. 할아버지는 자신이 수확한 건포도가 꿀보다 더 달다고 자랑하며 내 품에 한아름 안겼다. 그리곤 그 역시 이왕 여기까지 온 김에 자고 가라고 했다. 안타깝지만 이번에도 촬영 일정 때문에 사양할 수밖에 없었다. 어쩔 수 없이 현관문을 나서는데 할아버지가 마당의 꽃을 꺾어 내게 내밀었다. 그리곤 젖은 눈으로 이별가를 부르기 시작했다. "꼭 다시 놀러 와!" 작별의 포옹을 나누는 할아버지의 눈자위는 붉게 젖어 있었고, 내 눈자위도 물렁물렁해지고 말았더랬다.

팬데믹 이후 더욱 빠르게 환대가 사라져 가는 시대를 견디며, 지구 곳곳에서 받았던 환대를 떠올리곤 한다. 그러다 문득 20세기의 자크 데리다가 '절대적 환대'를 논하기 750여 년 전, 이미 튀르키예에선 '절대적 환대'를 노래했던 시인이 있었음을 떠올린다. 잘랄루딘 루미는 〈여인숙〉이란 시에서 이렇게 노래했더랬다.

인간이란 존재는 여인숙과 같다
매일 아침 새로운 손님이 도착한다.

기쁨, 절망, 슬픔
그리고 약간의 순간적인 깨달음 등이
예기치 않은 방문객처럼 찾아온다.

그 모두를 환영하고 맞아들이라.
설령 그들이 슬픔의 군중이거나
그대의 집을 난폭하게 쓸어가 버리고
가구들을 몽땅 내가더라도

그렇다 해도 각각의 손님들을 존중하라.
그들은 어떤 새로운 기쁨을 주기 위해
그대를 청소하는 것인지도 모르니까

- 잘랄루딘 루미의 〈여인숙〉 중에서.

차가운 맥주가 사무치게 그리워!

라오스 퐁살리

퐁살리는 라오스 최북단에 자리한 도시로서 중국 윈난성과 맞닿은 산악지대다. 국적 불문하고 여행자를 만나기란 하늘의 별 따기와 다를 바 없는 곳. 사진가인 동준과 식사를 하며 지도를 펼쳤다. 방향을 가늠하다가 중국 윈난성으로 이어지는 북쪽 도로를 따라가기로 했다. 현지인이 알려준 바에 따르면 비포장도로 주변에 다양한 소수부족들이 산다고 했다.

방향을 정했으니 이제 이동수단을 구할 차례.

대중교통은 오가지 않고, 외국인 관광객이 거의 없으니 오토바이 렌탈점이 있을 리 없었다. 이런 곳에서 오토바이를 빌리는 방법은 현지 오토바이 수리점을 찾아가는 것이다. 한구석에 처박아둔 중고 오토바이가 있으면 일단 절반은 성공이다. 이제 하루치 비용을 제시

하고, 사용한 기간만큼 가격을 치르겠다고 흥정을 시도한다. 다행히 찾아간 수리점에 중고 오토바이가 한 대 남아 있었다. 고장이 잦은 중국산이었지만 선택의 여지가 없었다.

아침 햇살을 받으며 퐁살리를 빠져나온 뒤 해가 저물 때까지 북상했다. 마을이 나오면 식당에 들러 허기를 채우며 정보를 얻었다. 식당에서 만난 아카족 여인에게 물으니 2~3시간 더 가면 롤로족이 사는 마을이 있다고 했다. 중국에선 '이'(彝)족이라고 부르는데 라오스에선 '롤로'(lolo)족이라 부른다. 해질 무렵 산에 깃들어 사는 부족들

끼리 물건을 사고파는 시장에 닿았다. 아카족 소녀들이 깔깔거리며 롤로족이 사는 마을로 향하는 산길을 알려주었다. 산을 오르기엔 너무 늦은 시각, 당장 잠잘 곳부터 찾아야 했다.

라오스 변방 외딴 마을에 여관이 있을 리 없었다. 이럴 땐 이장을 찾는 게 최선이다. 여염집 주인의 호의로 잘 방을 구해도 이장이 마을에 이방인을 들이지 않겠다면 도리가 없다. 다행히 이방인에게 호의적인 이장이었다. 숙박비를 충분히 내겠다고 하자 마을회관 같은 공간을 내주었다. 어둠이 내리자 날은 선선했고 금세 잠이 들었다. 비포장도로 위를 달리는 내내 오토바이 바퀴의 진동이 온몸으로 전달되었으니 피곤하지 않을 리 없었다.

몇 시간이 흘렀을까?

누군가 내 몸을 세차게 흔들었다. 눈을 뜨니 세 가닥의 빛줄기가 어두운 방을 휘젓고 있었다. 내가 곁에 둔 손전등을 켜자 상대가 불빛을 가렸다. 상대는 나를 보는데, 나는 상대를 볼 수 없는 상황. "비밀경찰들인 것 같아요." 동준이 속삭였다. 라오스에선 마을 사람 중 누가 비밀경찰인지 모른다. "여권 꺼내!" 상대가 소리쳤다. 그러나 섣불리 여권을 보여줄 순 없었다. 아시아 암시장에서 한국인 여권은 값비싼 상품이다. 상대가 여권을 낚아채고 달아나버리면 큰일이었다. 동준이 여권 복사본을 내밀었다.

"원본!" 불빛 뒤에서 세 명이 동시에 소리쳤다.

"오토바이 빌릴 때 맡겨서 원본은 퐁살리에 있어." 동준이 말했다.

결국 내 여권을 꺼내 내밀 수밖에 없었다. 녀석들이 첫 장을 들췄다. 손전등 불빛 하나가 내 얼굴을 향했다. 여권 사진과 실물을 비교하는 모양이었다. 다음 장. 사내들이 고개를 갸웃거렸다. 여권에 쓰인 활자들과 입국 스탬프에 찍힌 내용을 이해하지 못하는 듯했다. 내용 파악이 안 되자 화살이 동준에게 날아갔다. "너도 내놔! 원본!" 상황은 위급한데 자꾸만 눈이 감겼다. 피곤했다. 너무나 자고 싶었다. 순간 떠오르는 게 있었다.

나는 급히 지갑에서 꺼낸 명함 한 장을 그들에게 내밀었다. 어둠 속에서 튀어나온 손이 라오스어로 된 명함을 채갔다. 불빛들이 명함을 비췄다. "누구야?", "내 친구 명함이야!", "네 친구 맞아?", "못 믿겠으면 네 휴대폰 줘, 지금 전화해서 바꿔줄 테니 직접 얘기해!" 내가 손을 내밀자 사내들이 동시에 비명 지르듯 소리를 질렀다. "아니, 아니, 아니! 전화 안 해도 돼. 깨워서 정말 미안해. 이제 편히 자." 사내들이 달아나듯 집을 나갔다. 내가 내민 건 라오스 정부 기관지 국장의 명함이었다.

그들이 사라진 후, 잠은 잘 익은 망고처럼 달콤했다.

아침 일찍 길 떠나 중간에 오토바이를 풀숲에 감추고 산길 따라 롤로족이 산다는 곳으로 올랐다. 스무 채 남짓 모인 마을이 나타났다. 롤로족 아이들이 호기심 가득한 눈망울을 반짝이며 다가왔다. 동

준과 나는 얼른 비눗방울 장난감을 꺼내 후우, 후우 불었다. 햇살 받은 비눗방울이 허공을 날았다. 아이들 눈이 동그래졌다. 한 아이가 손끝으로 방울을 터뜨리자 아이들이 깔깔깔 웃었다.

비눗방울 장난감을 아이들에게 내밀었다.

후우, 아이들이 차례차례 서로 불겠다며 줄을 섰다. 마을 어른들도 미소를 지으며 바라보았다. 시장에서 사온 자두를 할머니께 내밀었다. 할머니가 맛보곤 옆 사람에게 맛을 설명했다. 자두가 든 봉지를 통째로 내밀자 다들 하나씩 집어 맛을 보았다. 너무 시다며 인상을 쓰고, 그 모습을 보며 깔깔대고, 어떤 여인은 하나 더 먹어도 되냐고 몸짓으로 물었다. 그렇게 한 걸음, 한 걸음씩, 이방인을 만난 적 없는 소수 부족 속으로 녹아드는 것이다.

무더운 나라, 외딴 오지에서 지내다 보면 차가운 맥주가 사무치게 그리울 때가 있다. 맥주는 '문명의 맛'이다. '냉장고'가 돌아가지 않으면 시원한 맥주 맛을 볼 수 없으니까. 차가운 맥주가 그리우면 도시로 돌아갈 때가 됐다는 신호다. 아이들에겐 '칫솔'을, 어른들에겐 '의약품'을 드린 후 마을을 떠났다. 오지 부족민의 호의에 사탕이나 초콜릿으로 답례하면 그들의 치아를 망치고, 티셔츠로 답례하면 그들의 고유문화를 망친다.

산에서 내려오며 맥주를 떠올렸다. 아랫마을에 도착하는 대로 이장에게 맡겼던 배낭을 챙겨서 떠나자고 마음먹었다. '퐁살리까지 100킬로미터, 쉬지 않고 달리면 술집이나 상점들이 문 닫기 전엔 닿을 수 있을 거야.' 그런데 이장이 보이지 않았다. 아이들이 대신 배낭을 꺼내 주었다. 오토바이에 실을 짐을 정리하고 떠날 채비를 끝냈다. 그런데 마을을 떠날 수 없었다.

주민들이 갑자기 우리 앞을 막아섰다. 라오스어가 아닌 부족어로 고함치니 도무지 알아들을 수 없었다. 다행히 정규 교육을 받은 학생이 있었다. 우리는 지금 퐁살리로 갈 거라고 전했다. 노인들이 쑥덕쑥덕하더니 답을 했다. "돈을 내라!" 당황스러웠다. 이미 이장에게 숙박비를 넉넉히 주지 않았던가. 돈을 더 줄 순 없다고 내지르고 시동을 걸었다. 그러자 청년들이 앞뒤로 오토바이를 붙잡았다. 서로의 목청이 올라가고, 일촉즉발의 상황. 이장이 나타났다.

"오늘은 죽은 자의 날입니다. 날이 저물면 마을 바깥에 귀신이 출몰할 겁니다. 마을을 벗어나면 악귀가 해코지를 할지 몰라요. 지금 마을을 나가면 도시에 닿기 전 해가 저물 겁니다. 기어코 퐁살리로 가겠다면 당신들이 낸 돈으로 제물을 사고 기도를 드릴게요."

돈을 뜯으려고 귀신까지 들먹이는 수작이라며 동준이 인상을 한껏 찡그렸다. 그때 내 눈에 이상한 물건들이 들어왔다. 가만 보니 마을 경계를 따라 하얀 실이 둘러쳐져 있고, 곳곳에 하얀 종이인형이 놓여 있었다. 돈 몇 푼 받겠다고 이런 집체극을 벌일 리 없었다. 짐작컨대 하얀 실은 한국의 금줄처럼 잡귀의 침입을 막는 '방어막'이고, 하얀 종이인형은 장승 같은 '파수꾼'인 듯했다. 제물을 살 돈을 내고 떠나기로 했다. 그럼에도 불구하고 몇몇 노인이 고개를 저었다. 이장

이 말했다.

"오늘은 마을에서 묵는 게 나아요."

당부에도 불구하고 우린 길을 떠났다. 차가운 맥주가 그리웠기에. '지금 출발하면 저녁 9시쯤이면 퐁살리에서 얼음 동동 띄운 비어 라오를 꿀꺽꿀꺽 마실 수 있을 거야.' 황혼은 맥주 CF에서 그려내는 빛깔로 물들었고, 아무 일도 벌어지지 않았다. 죽은 자의 날. 귀신의 해코지. 그런 건 다 미신이야. 오던 길에 들렀던 식당이 나타났다. 저녁 식사를 했다. 이제 서너 고개만 더 넘으면 퐁살리, 다시 출발!

식당을 떠난 지, 반 시간. "바퀴가 이상해요!" 동준이 소리쳤다. 오르막이라 속력이 안 붙는 줄 알았는데 멈춰서 확인하니 뒷바퀴가 터져 있었다. 잡귀의 소행일까? 아냐, 언제 펑크가 나더라도 이상할 리 없는 중고 오토바이잖아. 기억을 더듬어 보건대 고개 건너에 몽족 마을이 있었지. 동준이 오토바이 핸들을 잡고, 나는 뒤에서 밀었다. 몽족 마을에 닿은 건 밤 10시경. 전기가 들지 않는 마을, 쏘다니는 아이들에게 사정 얘길 하니 우리를 한 집으로 데리고 갔다. 오토바이를 손보는 청년이 있었다. 고무 튜브 교체비로 정상가의 두 배를 불렀다. "왜 그렇게 비싸?", "여긴 튜브가 없어. 큰 마을 가서 사와야 해." 이 밤에 오가는 노고를 생각하면 바가지는 아니었다. 뒷바퀴 고무 튜브를 교체하면서도 곤욕을 치렀다. 오토바이 메인스탠드가 떨어져 나간 중고라 교체 작업 내내 동준과 내가 벌서듯 오토바이를 들고 있어야 했으니까.

차가운 맥주 한잔 마시려다가 이 무슨 개고생이람!

다시 길을 떠났다. 벌써 2시간을 허비했지만, 달릴 수 있는 것만으로도 행복했다. 이제 새벽 1시면 퐁살리에 닿을 것이다. 상점 문은 닫았겠지만, 여관 냉장고의 맥주가 기다리고 있을 거야! 부푼 바람은 오래가지 않아서 펑, 터졌다. 다시 출발한 지 반 시간 후 우린 인적 없이 캄캄한 숲 가운데 망연히 서 있었다. 이번엔 앞바퀴가 터졌다. 연이은 펑크라니! 정말 잡귀의 소행일까? 아냐! 앞바퀴의 튜브도 교체할 시기가 된 거야. 다시 밀고 끌고, 고행이 시작되었다. 단지 시원한 맥주 한잔 마시고 싶었을 뿐이었는데.

자정을 넘겨 길가의 농가 한 채를 발견했다. 여러 명이 떠드는 말소리가 새어 나왔다. "계십니까?" 문이 열리고 청년들이 어리둥절한 눈빛으로 내다봤다. 사정 얘길 하고 인근에 오토바이 수리점이 있는지 물었다. 아직 우리는 맥주에 대한 바람을 단념하지 않았다. 청년이 누군가에게 전화를 걸었다. 한 사내가 고무 튜브를 갖고 나타났다. 다행이었다. 사내가 튜브값을 받고 돌아섰다.

"이봐, 튜브만 주면 어떡해? 펌프가 있어야 공기를 불어넣지!"
"나는 튜브만 있지, 펌프는 없어. 나머진 너희가 해결해."

젠장 공기주입기가 없는 마을이라니! 한숨을 푹푹 쉬는데 250*cc* 오토바이 두 대가 우리 앞에 섰다. 각각 두 명씩 타고 있었다. 펌프를 잠깐 쓰는 대가로 돈을 달라고 했다. 사나운 눈빛, 거친 말투, 건들대는 몸짓. 여기서 지갑을 보이면 일이 더 꼬일 것 같았다. "펌프 잠깐 쓰는데 4만킵이나 달라고?", "빌리기 싫으면 말든가." 어쩔 도리가 없었다.

뒷바퀴 수리하면서 생긴 요령 덕분에 앞바퀴 튜브 교체 작업은 일사천리로 진행되었다. 오토바이 들어서 찢어진 튜브를 빼내고, 새 튜브로 밀어넣고, 공기를 주입하면 작업 끝! 그랬는데 떠날 수가 없었다. 시동을 걸려는데 조금 전까지 꽂혀 있었던 오토바이 키가 보이지 않았다. 누가 키를 빼갔는지, 저절로 빠진 모양인지 아무리 찾아도 보이지 않았다. 정말 귀신이 곡할 노릇이었다. 악재가 겹치자 진이 다 빠졌다. 망연자실 처져 있는데 한 청년이 소리쳤다. "저기 반짝이는 게 있어!" 하수관을 덮은 판재 아래 열쇠가 보였다. 오토바이를 들고 내리는 사이 빠진 걸까? 긴 꼬챙이를 찾아서 거듭 시도 끝에 간신히 열쇠를 들어 올릴 수 있었다.

맥주는 고사하고 퐁살리에 닿으면 잠부터 자자! 새벽 1시가 넘었으니 3시나 되어야 퐁살리에 닿을 것이다. 일단 여관부터 찾고 얼른 잠부터 자자. 그러나 출발한 지 5분, 우리는 퐁살리에 새벽 3시가 되어도 닿을 수 없음을 깨달았다. 사방에서 피어오른 안개로 바로 앞을 볼 수 없었다. 엉금엉금 천천히 가는데 뒤따라오는 놈들이 있었다. 묵직한 250cc 오토바이의 배기음, 환하고 넓은 헤드라이트 불빛.

"펌프를 빌릴 때 지갑을 보이지 말았어야 했어요."

동준이 가속레버를 당겼다. 속력은 올라갔지만, 바퀴가 비포장도로의 구덩이에 쿵쿵 빠지는 등 위험한 상황이 이어졌다. "도저히 안 되겠어요." 달아나기를 포기했다. 250cc 오토바이 한 대가 우리 앞을 막고, 한 대가 뒤를 막아섰다. 예상대로 그 녀석들이었다.

"한 대는 앞에서, 한 대는 뒤에서 길을 밝혀줄 테니 따라 와. 안갯속에서 그 오토바이로 가는 건 너무 위험해. 포장도로가 나올 때까지 바래다줄게."

강도질을 하려던 게 아니라 우리 걱정에 뒤따라왔던 거구나! 그들 덕분에 자욱한 안갯속에서도 비포장도로의 굽이와 구덩이가 훤했다. 뒤에서 쏘는 조명으로 인해 안개의 은막 위에 드리워진 오토바이 탄 그림자들이 눈앞에서 일렁거렸다. 마치 〈야간 드라이브〉란 제목의 그림자극을 상연하는 것 같았다. 산 능선에 올랐다. 자욱한 물안개 지대를 벗어나자 밤하늘이 환했다, 오리온이 은하수를 이끌고 서쪽으로 달려가고.

새벽 4시 넘어 퐁살리에 도착하고 우린 시원한 맥주는커녕 잠자리조차 구할 수 없었다. 문을 두드렸지만 어느 여관도 그 시간에 문을 열어주지 않았다. 결국 우리는 벌벌 떨며 시장 공터에 앉아 상인들이 나타날 때까지 꼬박 밤을 새워야 했다.

젠장 처음부터 주민들 말을 들을걸!

잘못 든 길이 지도를 만든다

라오스 므앙씽

"이런 델 왜 온 거죠? 책으로 낸다고 한들 그걸 읽고 찾아오기도 너무 힘들고, 그러니 아무도 오지 않을 곳이잖아요!"

가희가 그렇게 투정했을 정도로 깊은 오지에 들어선 건 한 장의 지도 때문이었다. 그러니까 지난밤 나는 라오스 서북단에 자리한 마을 므앙씽의 숙소에서 1:75만 축적 라오스 지도를 아내와 가희 앞에 펼쳐놓고 한껏 들뜬 목소리로 일장 연설을 늘어놓았더랬다.

"게코맵스 회사에서 만든 이 종이 지도엔 구글맵에도 나오지 않는 길까지 다 그려져 있어. 천 미터 넘는 산들이 쓰나미처럼 몰아치는 산악오지로 들어가는 길도 있더라니까. 비교적 거리도 정확하고, 포장도로, 비포장도로 등 도로 사정까지 명확해. 내일 아침 먹고 출발, 오토바이 타고 서쪽으로 75킬로미터를 달리면 점심나절엔 미얀

마 국경과 맞닿은 씨엥콕에 닿을 거야. 비포장도로라고 표시되어 있지만 그래도 지방도로니까 힘들진 않을 거야. 점심을 먹은 후엔 메콩 강변 따라 환상의 길을 달리는 거지. 골든트라이앵글까진 80킬로미터만 더 가면 돼. 마치 한강을 따라서 자전거 타듯 메콩강을 따라서 오토바이를 타는 거지. 하하하, 내일은 날씨도 화창하다고 하니, 하하하!"

얼마나 설레는지 저절로 웃음이 나올 정도였다. 입꼬리가 한껏 찢어진 채 게코 지도를 내려다보았다. 라오스 곳곳을 여행하면서 이

지도만큼 훌륭한 지도를 본 적이 없다. 나는 보르헤스의 단편 〈과학적 정확성에 관하여〉를 떠올렸다.

'… 그 왕국의 지도술은 너무나 완벽해서 한 도(都)의 지도가 한 도시 전체를 덮었고, 왕국의 지도는 한 도를 덮었다. 시간이 지나면서 지도학자들은 이 광대한 지도도 부족하다고 여겼던지 왕국과 같은 넓이로 왕국과 정확히 일치하는 지도를 만들기에 이르렀다….'

20세기 초를 살았던 보르헤스가 '과도할 정도의 정확성을 추구하는 과학'을 비판하기 위해 상상했던 '1:1 축적 지도'는 디지털 지도의 등장으로 현실이 되었다. 보르헤스는 손바닥만한 스마트폰 화면에 지구를 덮을 정도의 지도가 들어가고, 심지어 무한정 복제까지 가능한 첨단기술을 상상하진 못했으리라. 아무튼 온라인 지도가 등장하면서 여행의 판도는 바뀌었다. 이제 종이 지도를 품고 다니는 여행자는 거의 없다. 그럼에도 나는 게코에서 제작한 지도만은 꼭 챙겼다. 게코는 여행자들의 제보를 받아 지도를 업데이트하기에 아시아 오지에 관해서라면 최고의 정확성을 갖고 있었으므로.

예정대로 일찍 잠을 깼다. 소수 부족민이 물물교환하듯 거래하는 므앙씽 새벽시장에서 사골육수에 든 전분 국수, 카오삐약 한 그릇을 먹고 출발했다. 가랑이 사이에 내 배낭을 끼우고, 등 뒤엔 배낭 멘 아내를 태우고, 가희는 제 오토바이 뒷자리에 배낭을 올리고 서쪽으로 달렸다. 마을을 벗어나 15킬로미터쯤 달렸을까?

"엉덩이가 아파서 못 견디겠어."

등 뒤의 아내가 하소연을 했다. 아닌 게 아니라 돌투성이 도로 때문에 오토바이 바퀴가 쿵쿵거려 핸들을 쥔 팔꿈치까지 아플 정도였다. 비포장도로인 줄은 진작부터 예상했지만, 황톳길이 아니라 굵은 돌멩이가 하염없이 깔린 도로를 지나는 줄은 미처 몰랐다. 아무리 정밀한 게코의 지도일지라도 비포장도로의 바닥 상태까지 알려주진 않았으니까.

도무지 못 견디겠다는 아내와 교대해서 이젠 내가 아내 등 뒤에 앉았다. 5분도 지나지 않아서 깨달았다. 핸들 쥔 팔꿈치가 아픈 건 엉덩이 아픈 데 비할 바가 아니었다. 쿵, 쿵, 쿵. 그만 포기하고 므앙씽으로 되돌아갈까? 그러나 60킬로미터만 더 달리면 메콩 강변을 따라 환상의 길이 펼쳐질 거라고 생각하니 가던 길을 접을 순 없었다.

끝이 보이지 않는 바나나 농장 사잇길을 하염없이 지나 마침내 씨엥콕에 닿았다. 엉덩이가 시큰거렸다. 평화로운 강변 식당에서 점심을 먹은 뒤 선착장으로 내려갔다. 근데 있어야 할 강변도로가 보이지 않았다. 어디로 가야 하는 거지? 강변에서 노는 아이들에게 물었다. 아이들이 방향을 가리켰다, 실처럼 가느다란 황톳길 하나가 언덕을 향해 있었다. 길을 지나가는 어른들에게 물어도 답은 한결같았다. 아하! 저 언덕을 올라가야 메콩강이 내려다뵈는 환상의 강변도로가 펼쳐지는구나. 저까짓 오르막쯤이야!

경사진 언덕을 다 오르기도 전, 사고가 났다.

가파른 비탈을 오르기 위해 가속을 했는데, 그만 앞바퀴가 돌부리에 부딪히면서 오토바이가 수직으로 섰다. 그 바람에 등 뒤의 아내가 굴러떨어졌다. 다행히 핸들을 끝까지 놓치지 않은 덕분에 오토바이에 깔리는 사고는 면했다. "그만 돌아갈까?" 아내가 조심스레 물었다. 놀란 가슴을 가라앉히며 생각해보았다. 돌아서면 굵은 돌멩이 깔린 비포장도로를 다시 지나야 한다. 대신 이 언덕만 다 오르면 메콩강을 따라 환상의 길이 펼쳐질 것이다. "오르막인데 뒤쪽이 더 무거우니까 생긴 일이야. 뒤쪽 무게를 줄이고 혼자 오토바이를 타면 무리 없이 오를 수 있어. 내가 배낭 메고 걸어서 갈게." 먼저 출발한 가희가 언덕 위에 도착해서 소리쳤다. "아직 강은 안 보이는데, 이제 길은 평탄해요!"

배낭을 메고 언덕에 오른 후, 다시 오토바이에 짐을 싣고 달렸다.

아무리 달려도 메콩강이 보이지 않았다. 분명 지척에 메콩이 흐르고 있었지만, 비탈에서 자라는 키 크고 울창한 나무들이 시야를 다 가렸다. 게다가 앞으로 나아갈수록 숲은 더 무성해지고 길은 습기와 물기로 질퍽거렸다. 이윽고 진창에 오토바이 바퀴가 빠지고, 오토바이를 밀고 끌길 반복했다. 게코 지도를 보며 내가 상상했던 모습은 이게 아니었는데, 과연 오늘 중 골든트라이앵글에 닿을 수 있을지 걱정되었다.

그때였다. 우지끈.

벌채한 목재들을 짐칸 가득 실은 트럭이 잔가지들을 마구 부러뜨리며 다가왔다. 우리는 간신히 길옆으로 피했다. 육중한 트럭이 지나간 길을 따라서 트럭 바퀴에 눌린 깊은 물웅덩이가 생기고, 이젠 오토바이로 5킬로미터를 가는데도 한 시간이 걸리는 지경에 이르렀다.

이젠 정말 돌아가야 하나? 그러나 되돌아가기엔 너무 멀리 오지 않았는가! 마지막 마을이었던 씨엥콕을 떠난 지도 이미 4시간, 되돌아가도 도중에 해가 저물 테고, 야영 장비 하나 없이 밀림에서 밤을 보낼 순 없는 노릇이었다. 젠장, 한숨을 쉬는데 등 뒤에서 툴툴 툴툴 경운기가 다가오는 소리가 들렸다. 고산에 사는 원주민이었다.

"저기요, 저기요, 얼마나 더 가야 마을이 나오죠?"

"오디로 가는 길이래요?"

"골든트라이앵글까지요."

"거까진 험해서 오도바이론 못 간대요. 조금 더 가면 마을이 나오니까니 하룻밤 자고 다시 돌아가더래요."

북부 고산족 특유의 억양 탓에 띄엄띄엄 알아들었지만, 대충 이해했다. 사내에게 부탁해 경운기 뒷자리에 아내를 태우고 배낭을 실었다. 털털 털털. 경운기를 앞세우고 숲 사이로 난 길을 지났다. 1시간가량 오솔길을 지나자 갑자기 앞이 훤하게 터지며 아카족 마을이 나타났다. 서른여 채의 집, 마당에서 노는 아이들. 선량하고 맑은 눈동자.

"이건 뭐, 완전히 〈웰컴 투 동막골〉이잖아!"

십승지지(十勝之地) 같은 마을이었다. 전쟁, 흉년, 전염병 같은 환란이 온 나라를 뒤덮을지라도 안심할 수 있는 곳. 〈정감록〉 등 예언서에 등장하는 십승지지는 첫째 높은 산들로 둘러싸여 있지만 자급자족 가능하고, 둘째 물이 풍부하고, 셋째 밖에서 잘 보이지 않는 곳이라야 한다. 결국 십승지지로 꼽히는 장소는 도시가 아니라 외딴 오지다. 실제 코로나19 바이러스가 지구촌을 뒤덮던 와중에 아르헨티나 오지의 한 농민은 사회적 거리두기를 잘 지키는지 확인하러 온 경찰에게 이렇게 물었다고 한다.

"코로나19, 그게 대체 뭐더래요?"

우리를 마을로 데려다준 사내가 마을 입구의 한 가옥 마당으로 경운기를 밀어 넣었다. "이쪽은 내 고모 집이래요. 곧 날이 어두워질 거니까 여기서 하룻밤 묵어가더래요." 사내가 친인척과 먼저 인사를 나눈 후 등 뒤에 선 우리를 가리키며 얘기를 주고받았다. 우리를 이곳까지 데리고 온 연유에 관해 설명하는 모양이었다. 그의 고모가 함박 웃으며 우리가 묵을 방을 마련해주었다.

방 한쪽에 배낭을 내려놓고 밖으로 나왔다. 대체 어떤 마을인지 궁금했다. 동네 아이들이 낯선 이방인을 보더니 다가왔다가 우리가 한 걸음 다가서면 "으아악!" 달아나며 비명을 질러대며 깔깔거렸다. 모여든 아이들을 뒤따라 이 집 저 집 구경을 다녔다. 신생아가 태어난 집의 천장 아래 요람이 무척 인상적이었다. 젖병을 물고 잠들었던 아기가 깨어 낯선 이방인을 향해 꺄르르 웃었다.

해 저문 후 잠자리가 마련된 집으로 돌아왔다. 뜻밖의 상차림이 기다리고 있었다. 불청객이 허기만 채워도 감지덕지해야 하는데, 귀한 닭까지 한 마리 잡아 상을 차려주다니! 이방인이 마을에 나타났다는 소식에 일가친척들까지 찾아왔다. 우리가 맛나게 먹으며 감탄

하는 모습을 보며 "헤, 헤, 헤" 웃었다. 한 사내가 내게 술을 마시겠냐고 물었다. 가장 반가운 질문이었다. "그럼요!"

곧 술병이 등장했다. 알코올 도수 40도가 넘는 라오스식 전통 소주였다. 오지 마을에서 유리로 된 술잔은 귀한 물건이다. 집안에 하나밖에 없었다. 사내가 따라준 술을 내가 원샷 한 뒤 "크ㅇㅇㅇ" 미간을 찡그리며 고개를 절레절레 흔들었다. 식탁을 둘러싼 모든 사람들이 한바탕 웃음을 터트렸다. 술잔 하나로 주거니 받거니 하는 사이 밤하늘 위로 달이 떴다. 지나가는 별들이 수천 년간 손님이 외딴 마을을 찾아올 때면 늘 봤던 풍경이라는 듯 무심하게 눈을 껌벅거렸다.

다음 날 마을 주민들의 만류대로 골든트라이앵글로 계속 가는 대신, 왔던 길을 되돌아 나오기로 했다. 계속 고집을 부리다간 환상의 길은커녕, 고난의 행군이 될 것이 뻔했으니까. 한강에서 자전거 타듯 미얀마와 접경한 메콩강에서 오토바이 타며 환상의 길을 달리겠다는 나의 호언장담은 물거품이 되고 말았다.

작별인사를 나누고 마을을 떠나 숲 사이 진창길을 빠져나왔다.

그리곤 바나나 농장 사잇길이 하염없이 이어졌다. 돌투성이 길을 지날 땐 엉덩이의 아픔을 삼키며 달려야 했다. 심지어 그 충격을 견디지 못하고 오토바이 바퀴가 터지는 바람에 고무 튜브를 새로 갈기도 했다. 메고 있던 끈이 떨어져 카메라가 땅바닥을 구르기도 했다.

그래서 후회했냐고? 므앙씽에 가까워질 무렵 어깨 위로 가만히 내려앉은 라오스의 붉은 석양이, 황금색으로 물든 들판의 바람이 강연호 시인의 시를 나지막이 읊어주었다.

길 잘못 들수록 오히려 무모하게 빛났던 들끓음도
그만 한풀 꺾였는가, 미처 다 건너지 못한
저기 또 한 고비 신기루처럼 흔들리는 구릉이여
이제는 눈앞의 고비보다 그 다음 줄줄이 늘어선
안 보이는 산맥도 가늠할 만큼은 나이 들었기에
내내 웃목이고 냉골인 마음 더욱 시려오누나
따습게 덥혀야 할 장작 하나 없이 어떻게
저 북풍 뚫고 지나려느냐, 길이 막히면 길을 버리라고
어차피 잘못 든 길 아니더냐고 세상의 현자들이
혀를 빼물지만 나를 끌고 가는 건 무슨 아집이 아니다
한때 명도와 채도 가장 높게 빛났던 잘못 든 길
더 이상 나를 철들게 하지 않겠지만
갈 데까지 가보려거던 잠시 눈물로 마음 덮혀도
누가 흉보지 않을 것이다 잘못 든 길이 지도를 만든다.

- 강연호 시인의 〈비단길2〉 중에서

การแข่งขันบั้งไฟหมื่น
แผนที่โลก

기묘한 이야기, 우돈타니 호텔에서의 하룻밤

타이 우돈타니

스티븐 킹의 소설을 원작으로 한 영화 〈1408〉의 주인공 마이크는 귀신 출몰지를 찾아다니는 작가다. 〈유령호텔 10선〉의 저자인 마이크는 숱한 숙박업소에서 밤을 보냈을 것이다. 나 또한 지구 곳곳을 떠돌며 참 많은 숙소에서 잤다. 마이크처럼 〈유령무덤 10선〉, 〈유령등대 10선〉을 쓸 목적으로 '귀신 들린 장소'를 찾아다니진 않았지만, 종종 이상한 장소에서 묵기도 했다. 타이 우돈타니의 호텔은 내가 묵었던 장소들 중 가장 기이한 곳이었다.

방콕발 기차를 타고 우돈타니에 도착한 건, 해 저문 저녁이었다. 우돈타니는 나홍진 감독이 제작한 공포영화 〈랑종〉의 배경이 되는 타이 북동부 이산 지방의 도시 중 하나로서, 라오스 수도 비엔티안과도 가까워 라오스 상인들이 드나들며 갖은 공산품을 수입하는 상업 도시다. 이렇다 할 유적이나 대단한 볼거리가 있는 도시도 아닌

ห้างหุ้นส่วนจำกัด
ศรีชัยโฮเต็ล
SRICHAI HOTEL

โรงน้ำแข็ง

ชั้น 3
304
EXIT ทางลงฉุกเฉิน

탓에 하룻밤만 묵고 다른 도시로 이동할 작정이었다. '어느 곳에서 잘까?' 기차역에서 가깝기만 하다면 어디라도 좋았다.

기차역을 빠져나왔다.

한바탕 스콜성 소낙비가 지나간 후인지 아스팔트 도로는 축축하게 젖어 있었다. 밤거리는 한산했고, 하늘은 먹구름으로 뒤덮여 있는 듯 달도 별도 보이지 않았다. 타이 남쪽에서 북쪽까지 쏘다녔지만 우돈타니에 온 건 처음이었다. 기차역 건너편 길을 따라 네온사인들이 반짝거렸다. 하룻밤 묵을 곳은 있겠지. 캐리어를 끌고 질척거리는 길을 건넜다. 호텔과 게스트하우스가 드문드문 있긴 한데, 숙소마다 빈방이 없다고 했다. 야시장용 천막이 길게 드리워진 공터 옆에 알록달록 플래카드가 나부끼고 있었다. 젠장 지역축제 기간이구나….

그래도 시외버스터미널 근처엔 호텔이 많을 테니, 남은 방이 있지 않을까? 방향을 틀었다. 터미널 인근 골목골목 다 뒤졌지만 모든 방이 다 찼다는 대답만 돌아왔다. 마침 식당에서 나오는 외국인 여행자 커플이 눈에 띄었다. 일단 그들에게 인사를 했다. 스페인에서 왔다고 했다. 그들에게 어느 숙소에서 묵느냐고 물었다.

"이 근처 어딜 가도 빈방이 없어. 우리도 뚝뚝 타고 한참 떨어진 곳에 숙소를 잡았어. 그곳엔 식당이나 상점도 없어서 다시 여기까지 나왔다니까."

"그럼 나도 너희가 묵는 숙소로 가야겠다."

"이런 어째, 우리가 체크인하면서 그 호텔도 다 찼거든…."

두 사람이 안타까운 표정을 지으며 나를 바라보았다. 솟아오르던 희망이 거품처럼 터졌다. 그들과 헤어진 후, 터미널에서 좀더 멀리 가보기로 했다. 사거리에서 왼쪽으로 접어든 도로는 을지로 공구 골목과 비슷한 분위기였다. 해 지면 상점들이 문을 닫고 인적이 끊기는 거리. 문 닫힌 상점들의 거리를 얼마나 걸었을까? 도로변에 우뚝 솟은 건물 하나가 눈에 띄었다. 〈Sri Chai Hotel〉

분명 호텔 간판이 붙어 있지만 이상했다.

전체 7층 건물인데 3층까지만 불이 들어와 있었다. 주변의 낮은 건물과 대비되어서일까? 마치 초고층 건물처럼 느껴졌고 현재 영업 중인지도 구분할 수가 없었다. 일단 호텔 문을 젖히고 들어갔다. 근데 호텔이라면서 알루미늄 새시 문이라니? 로비엔 어두침침한 형광등이 켜져 있었고, 거대한 사슴 머리 박제가 한쪽 벽에 붙어 있었다. 이 분위기는 대체 뭐지? 승강기엔 'WARNING-OUT OF ORDER' 마크가 붙어 있었다. 승강기가 가동되더라도 왠지 지하로만 운행되는 게 아닐까, 의구심이 들 정도로 음침했다. 공포소설의 대가 스티븐 킹이 '레이먼드 챈들러가 〈엑소시스트〉를 쓴 듯한 소설'이라며 찬사를 보냈던 〈폴링엔젤〉, 그 소설을 원작으로 한 영화 〈엔젤 하트〉의 엔딩이 떠올랐다. 지하로 한없이 내려가는 낡은 엘리베이터….

"헬로우?"

호텔 프런트엔 안내인도 없었다. "헬로우?"만 반복하며 어쩔까, 망설이는 사이 몇 분이 흘렀다. 그만 다른 델 찾아봐야겠다. 돌아서려는 찰나, 계단을 내려오는 소리가 들렸다. 중국계 타이인으로 보이는 중년 사내가 나타났다. 나는 '방이 있느냐?'고 영어로 물었다. 사내가 고개를 갸웃했다. 나는 문장을 줄여 "싱글 룸?" 하고 다시 물었다. 사내가 고개를 끄덕이곤 열쇠를 꺼내려고 옆을 보았다. 순간, 심장이 멎는 줄 알았다. 사내의 오른쪽 눈동자는 옆으로 돌아가는데, 왼쪽 눈동자는 그 자리에 멈춘 채 나를 빤히 보고 있었기 때문이다.

태풍이 오는 날의 파도가 방파제에 부딪듯 충격이 지나간 후, 나는 유리알로 만든 의안(義眼)일 뿐이라며 스스로를 안심시켰다. 앞장선 사내 뒤를 따라 3층으로 올라갔다. 긴 복도는 마치 〈올드보이〉에서 오대수가 갇혔던 사설 감옥의 복도 같았다. 다른 점은 너무 조용하다는 것. 인기척조차 없었다. 사내가 복도에 늘어선 방들을 차례차례 지나 하나의 문을 열었다.

소파, 탁자, 티브이(TV), 옷장, 침대 두 개.

혼자 사용하기엔 과할 정도로 넓고, 방을 채운 가구들은 하나같이 버린 물건을 주워온 폐품 같았다. 문짝도 없이 속이 다 드러난 옷장, 손님방인데 다이얼조차 없는 수신전용 전화기, 찢어진 이불…. 도무지 내키지 않았다. 그러나 나는 지쳐 있었고, 다른 숙소를 찾기엔 너무 늦은 시간이었다. 더 다닌다고 해도 빈방이 있으리라는 보장도 없었다.

겨우 하룻밤만 보내면 되는데, 뭘.

사내가 계단을 내려가는 모습을 지켜본 후, 복도를 둘러보았다. 먼지가 앉아 누렇지만, 원래는 하얀 벽이었으리라. 바닥은 흠집투성이지만 방금 닦은 듯 물기를 머금고 있었다. 낡은 정도에 비해 너무 매끈해서 오히려 이상했다. 일단 샤워부터 하자. 방으로 들어와 사내가 두고 간 수건을 챙기고, 욕실 전등을 켰다. 형광등이 깜. 박. 깜. 박. 깜. 박. 플래시 터지듯 점멸을 반복하는데, 욕실 안 풍경이 너무나 이상했다. 욕실 위를 가로지르는 철봉, 그 아래 놓여 있는 의자(?) 하나.

마치 연쇄살인범을 주인공으로 한 영화 세트장 같았다. 조금 전 물기를 한껏 머금고 있던 복도가 떠올랐다. 한숨을 쉬며 침대에 걸터앉았다.

너무 조용하구나.

다른 소리라도 들으면 안심이 될까, 티브이(TV)를 켰다. 전원이 들어오긴 했지만, 화면이 지글지글거리며 무슨 내용인지 알 수 없는 영상만 보여주었다. 볼륨을 올려도 아무 소리도 들리지 않았다. 나는 고개를 절레절레 흔들었다. 그때 솜이 비쭉 삐져나온 소파 뒤 나무문이 눈에 들어왔다. 옆방으로 연결된 문이었다. 잠겨 있었다. 근데 이 무늬는 뭐람? 누군가가 빠져나가려고 발버둥이라도 친 흔적처럼 손바닥이 찍혀 있었다. 색이 뿌옇게 바랬지만 분명, 손바닥이었다.

이히히히히히히히.

갑자기 자지러지는 여자의 웃음소리가 들렸다. 비명인지, 웃음인지 구분이 되지 않았다. 이 호텔에 나 말고 투숙객이 또 있었던 걸까? 사내가 내 방 열쇠를 꺼낼 때, 옆 방의 열쇠들은 그대로 꽂혀 있었는데…. 문 건너편의 소리가 끊이지 않았다. 박제된 사슴 머리, 고장 난 엘리베이터, 외눈의 사내, 철봉이 있는 욕실, 손바닥 자국에 이어 기괴한 웃음소리까지 겹치자 심란한 기분이 극에 달했다.

TV 옆에 유리잔과 유리 재떨이가 놓여 있었다.

담배라도 피우면 기분이 가라앉을까? 재떨이를 옮기다가 새겨져 있는 마크(SK)를 보게 되었다. 그리고 마크를 동그랗게 둘러싼 알파벳을 천천히 읽는데, SRI KIM HOSPITAL. 유리 재떨이뿐 아니라 유리잔에도 같은 마크가 새겨져 있었다. 알루미늄 새시 문, 흰색의 벽, 교실 복도 같던 바닥. 여기는 병원이었던 곳이구나. 방들은 진료실과 병실이었으리라. 확인하기 위해 수건을 확 펼쳤다. 푸른 멍 자국 같은 글씨는 희미했지만 분명 'SRI KIM HOSPITAL'이었다.

그런 방에서 잤느냐고?

잤다. 대형병원이었다는 걸 알게 된 후론 라스 폰 트리에 감독의 〈킹덤〉을 떠올리며 무슨 일이라도 벌어지기를 기다리기까지 했다. 내가 지금껏 경험하지 않은 어떤 일이 벌어지기를. 그러나 아무런 일도 일어나지 않았고, 나는 침대 위에 엎어진 채 그대로 잠이 들고 말았다. 얼마나 잤을까? 개가 자꾸만 내 가랑이 사이로 머리를 집어넣었다. 머리를 가랑이 사이로 넣었다가 빼고, 넣었다가 빼고…. 잠이 깼다. 깨고 보니 나는 웅크린 채 사타구니 사이에 두 손을 모으고 있었다. 꿈에서 '개'라고 여겼던 건 '내 손'이었다. 무언가가 머리를 스치고 지나갔다. '인생이라는, 꿈' 에선 나와 타자(개)로 분리하지만, 잠에서 깨어 실체를 알면 나와 우주가 하나라는 걸 알게 되는 걸까?

차가운 기운이 느껴졌다. 잠을 깨운 건 한기(寒氣)였다. 창문이 열려있었나? 두꺼운 커튼을 젖혔다. 순간 나는 아연했다. 커튼으로 가려놓았을 뿐, 안밖의 경계, 창틀 자체가 없었다. 불가해한 호텔이었다. 추위 때문에 찢어진 이불을 덮고 다시 잠을 청했다. 뒤척이다가 잠이 들었는데, 눈을 뜨기 전 또 다른 꿈이 찾아왔다. 그러나 깼을 땐 꿈의 내용이 전혀 떠오르지 않았다. 분명 꿨는데, 잡힐 듯, 잡힐 듯…. 꿈의 실밥을 낚아챘다. 마지막 꿈이 딸려 올라오기 시작했다.

문의 잠금 누름쇠를 누른 후 방에서 나온다. 아차! 열쇠를 방 안에 뒀다는 걸 뒤늦게 깨닫는다. 그때 어두운 복도 저편에서 사내의 목소리가 소리친다. "인간의 삶이란, 열쇠를 안에 둔 채 잠그고 나온 방과 같은 거야. 이제 안으로 어떻게 들어갈래?"

종종 그 호텔 이름이 떠오르곤 한다. 구글맵에서 타이의 우돈타니로 찾아서 'Sri Chai Hotel'을 검색한다. 분명 그곳에서 찍은 사진들까지 내게 남아 있는데, 그 호텔은 어디에서도 보이지 않는다.

여행의 목적지는
길에서 만나는 풍경과 사람이다

타이 끄라비

유목민과 정착민은 '풍경의 형태'만 공유할 뿐, 다른 세계를 본다.

가령 개들은 노란 장미꽃 가운데 빨간 장미를 구분하지 못한다. 그들의 눈엔 빨간 장미도 노랗게 보이기 때문이다. 모든 생물 종은 저마다 전혀 다른 세계를 본다. 각기 다른 시각으로 인해 인식되는 세계도 다르기 때문이다. 유목민과 정착민이 보는 세계도 마찬가지다.

일찍이 혜초, 마르코 폴로, 이븐 바투타 같은 방랑자나 모험가들이 있었다. 정착민이 보기에 이들의 여행은 무모해 보였다. "불경을 구하기 위해 인도까지 가겠다고? 넘어야 할 국경이 얼마나 많은데! 심지어 말도 전혀 통하지 않는 사람들에게 잠자리를 구하면서? 미쳤군!" 그럼에도 혜초 같은 여행자가 역사에 존재했기에 오늘의 우리

는 변명하듯 말한다. "옛날이니까 가능했을지도."

그러나 오래전의 일이기에 가능했던 걸까? 혜초나 이븐 바투타가 살았던 시대에도 일상에 안주해서 방랑, 모험과 무관한 생을 살던 이가 대부분이었음을 되새겨보라. 진실은 '방랑자'와 '정착민'이 보는 세계가 달랐을 뿐이다.

내가 방랑자 이고르를 만난 건 타이의 아오낭 비치에서였다.

그 무렵 나는 한국의 추운 겨울을 피해 따뜻한 동남아시아에서 연말을 보낼 작정이었다. 어디로 갈까? 인터넷 검색 중 '아오낭 비치'가 눈에 들어왔다. 푸른 해안선을 따라 회색 석회암 절벽이 성벽처럼 서 있고, 하얀 모래사장이 길게 뻗어 있었다. 수영복 입은 이들을 축복하듯 쏟아지는 햇살. "그래 바로 여기야!" 배낭을 꾸려 방콕으로 간 후, 끄라비행 야간버스에 올랐다.

타이 안다만 해에서 맞이했던 첫 아침을 기억한다. 새벽 6시 끄라비 정류장에 도착해 택시를 잡았다. "아오낭 비치로 가주세요." 택시 기사는 해변에 나를 내려놓았다. 동이 트면서 차츰 해안선이 모습을 드러냈다. 탄성이 저절로 터졌다. 이토록 아름다운 바닷가에서 한 계절을 보낼 생각을 하니 심장이 두근거렸다.

'설렌다'는 건 얼마나 멋진 감정인가!

먼저 해변의 대여점에서 오토바이를 빌려 타고 마을을 쏘다녔다. 'RENT' 표식이 붙은 집 대문을 두드리고, 동네 가게에서 음료수를 사며 빈방을 수소문했다. 모퉁이 가게 주인이 내 얘길 듣고 전화를 걸었다. "네가 일하는 가게 주인이 월세 놓는다고 하지 않았니?" 전화상에서 일한다는 사촌이 왔다. 세놓은 집을 보여주었다. 해변에서 걸어서 15분, 원룸들로 구성된 타운하우스 단지였다. "이 집 2층입니다. 바깥쪽 계단으로 연결되어서 독립된 공간이에요. 둘러보세요." 집의 외부도 내부도 깔끔했다. "한 달에 얼마죠?", "보증금 200달러, 월세 200달러, 전기료와 수도료는 별도고요." 합판으로 대충 지은 게스트하우스 1인실도 하루 1만원이 넘는데, 침대·에어컨·냉장고·소파·식탁까지 갖춰진 원룸이 하루 7,000원 수준! 거절할 이유가 없었다.

끄라비는 타이를 통틀어 최고의 해변 휴양지 중 하나다.

레오나르도 디카프리오 주연의 〈더 비치〉 촬영지로 유명한 피피섬을 비롯해 〈007 황금 총을 가진 사나이〉 촬영지이자 〈스타워즈〉에서 카스크 행성으로 나온 카오핑칸 섬이 지척이었다. 미디어에 노출되었냐, 아니냐의 차이가 있을 뿐 관광명소 말고도 석회암 절벽으로 띠 두른 해변 곳곳이 절경이었고, 산호 사이로 알록달록 열대어가 노니는 바다는 스쿠버다이빙과 스노클링의 천국이었다.

키 큰 야자수가 바람에 살랑거리는 풍경 아래서 책을 읽거나 원고를 쓰며 낮을 보내고, 햇빛이 누그러질 무렵이면 해수욕장으로 가서 수영하고, 붉은 해가 하늘을 물들이면 저녁 외식을 하고 집으로 돌아오는 게 일상이었다. 그날도 일몰을 지켜본 후 숙소로 돌아오는 중이었다. 가로수 아래 앉아 있던 금발의 청년이 말을 걸었다. "친구, 담배 있으면 한 개비 줄래?" 흔히 마주치는 관광객들과 행색이 달랐다. 헤어질 대로 헤어진 셔츠와 색 바랜 바지. 내가 물었다.

"어느 나라에서 왔니?"
"러시아."
"여기 온 지는 얼마나 되었는데?"

"사흘 전."

"네가 묵는 숙소는 어딘데?"

"숙소는 없어. 첫날은 해변에서 잤어. 폭죽 소리 때문에 잠을 잘 수가 없었어. 그저께 공동묘지로 잠자리를 옮겼어. 인적도 드물고 조용해서 잠자기 좋아."

황당한 대답이었다. 담배 한 개비 건네고 지나치려다 나는 걸음을 되돌렸다. "네 이름이 뭐니?", "이고르!", "내 이름은 로, 저녁식사 같이 하자, 내가 살게." 함께 도로변의 식당으로 갔다. 그의 사연이 궁금했다.

상트페테르부르크 출신의 이고르는 공학을 전공한 청년이었다. 한번은 친형과 여행을 하던 중 알타이의 오지에서 미확인비행물체를 목격했다. UFO. 두 사람이 동시에 허공에 떠 있는 궐련형 비행체를 목격했다. 그날의 충격이 유물론자로 살아왔던 그의 영혼을 뒤흔들어 놓았다. 머릿속이 폭발했고 영성 서적을 읽기 시작했다. 부처, 노자, 장자, 인도 출신 성자들의 책까지. 인도로 가기로 결심했다. 친형이 인도까지 가는 동안 거치게 될 나라의 비자 발급비로 300달러를 쥐여주었다. 러시아를 떠나 중국, 베트남을 거쳐 타이에 이르렀고 미얀마, 방글라데시를 거쳐 인도로 갈 거라고 했다.

"여기까진 어떻게 왔니?"

"히치하이킹을 하거나 걸었어. 100킬로미터 넘게 걷는 동안, 사람을 한 명도 만나지 못한 적도 있어."

"잠자고 먹는 건 어떻게 해결한 거야?"

"시골에선 과일을 따 먹기도 하고 물만 마시기도 했어. 대도시에선 경찰서를 찾아가 재워달라고 했지."

"인도엔 왜, 어디로 가려고?"

"샹그릴라에 갈 거야. 히말라야에 있는 상상 도시로 알려졌지만 실재해. UFO처럼."

나는 이고르를 데리고 집으로 갔다. "침대가 하나뿐이라 넌 소파에서 자야겠지만 공동묘지에서 자는 것보단 훨씬 편할 거야. 샤워도 할 수 있고. 네가 지내고 싶을 만큼 머물러도 좋아.", "정말?", "응!" 이고르가 잠깐 나갔다고 오겠다더니 한 시간 후 공동묘지에 두고 온 짐을 가지고 돌아왔다. 길고 먼 여정이 무색하게 얇은 나일론 천으로 된 끈가방이 전부였다.

그날 이후 이고르와의 동거가 시작되었다. 그는 나보다 일찍 일어나 가부좌 틀고 명상을 한 후 하루를 시작했고, 내가 사놓은 과일 몇 개를 먹고 외출했다가 해가 다 저문 후에야 들어오곤 했다.

"오늘은 뭘 하며 시간을 보냈니?"

"바닷가에 있었어. 오늘은 아주 특이한 갈매기를 발견했어. 다른 갈매기 무리에서 떨어져 홀로 비행연습을 하는 듯한 녀석이었어. 조나단 리빙스턴처럼 말이야. 리처드 바크의 〈갈매기의 꿈〉 읽어봤니? 내가 가장 좋아하는 책 중 하나야."

청소년권장도서로 널리 읽히는 〈갈매기의 꿈〉을 어떻게 모를 수 있겠는가? 그러나 대부분의 고전문학 작품과 마찬가지로 출간 시엔 성인 독자를 위한 책이었다. 실제 〈갈매기의 꿈〉은 성경·불경·도덕경 등 영성에 관한 인식이 총합될 때 진가를 알 수 있는 작품이다. 이고르도 그것을 아는 모양이었다.

"조너단은 예수, 설리번은 부처, 챙은 노자의 말을 대신해."

저녁이면 해변이나 2층 테라스에서 맥주를 마시며(술은 나만 마셨다.

이고르는 채식주의자인데다가 술도 마시지 않고 담배도 피우지 않았다. 내게 담배 한 개비를 달라는 말을 건넨 건, 나를 보는 순간 저도 모르게 튀어나온 말이라고 했다. 그 말을 건넨 걸 시작으로 나의 숙소에서 묵게 되었으니, 이고르는 "담배 한 개피 줄래?"는 신이 시킨 거라고 여겼다.) 이고르가 타이까지 오는 길에서 겪은 이야기를 들었다. 믿기지 않는 우연과 믿기지 않는 인물들로 가득했지만, 나는 그 모든 이야기를 믿었다. 나 또한 오래전 유라시아 횡단 길에서 그런 우연과 인물들을 만났기에. 가진 것 없이 오직 길을 믿고 떠나는 이에게 복이 있나니, 여행의 신이 그를 인도하도다.

하루는 해변에 나갔다가 야자수 그늘 아래 앉아 있던 이고르를 만났다. 한바탕 물질을 하고 돌아와 그의 곁에 앉자 이고르가 말했다.

"오늘 해변을 따라 걷다가 재밌는 걸 알게 되었어. 이곳에 온 사람들이 푸른 바다를 보고 누리는 것보다 잠깐 수영한 후 스마트폰 액정을 보는 데 더 많은 시간을 보내. SNS에 사진을 올린 후 사람들의 반응을 확인하면서. 몸은 해변에 있지만, 실은 액정화면에 시선을 맞추고 가상세계에서 시간을 보내지. 영화 속 '매트릭스'는 이미 우리 곁에 존재해, 아직은 텍스트와 이미지로 된 2차원 형태지만. 영화와 다른 점은 인공지능에 의한 조작이나 강요가 아니라, 본인들이 스스로 매트릭스를 선택한다는 거지. 즉 현실과 가상(SNS) 중 어느 세계에서 보내느냐는 건 저마다의 선택이야."

함께 지낸 지 열흘쯤 지났을 때 이고르가 짐을 챙기기 시작했다. 다시 인도를 향해서 떠날 거라고 했다. 그가 했던 여러 얘기에 공감했지만, 차마 동의할 수 없었던 부분이 있었다. 이고르에게 마지막으로 물었다.

"정말 샹그릴라가 있다고 생각하니?"

"난 이미 샹그릴라에 있어. 〈갈매기의 꿈〉에서 부족장 챙이 말하지. '이미 도착했다'라는 것을 인식하는 데서부터 시작해야 한다고."

"하하하, 넌 이상한 녀석이야."

"너도 이상해. 처음 본 날 재워주고, 나중엔 현관 열쇠까지 복사해줄 정도로. 만약 악한이라면 네 노트북, 카메라 같은 귀중품을 훔쳐서 사라졌을 거야."

"조나단 리빙스턴을 좋아하는 사람이 도둑일 리는 없거든."

"하하하."

이고르의 뒷모습을 지켜보았다. 모퉁이를 돌아 사라지는 순간, 나는 잠깐 울컥했다. 내 나이 스물여섯, 가난한 여행자였던 시절, 유라시아 횡단 길에서 만났던 사람들이 떠올랐기 때문이다. 느닷없이 다가와 음식을 사줬던 헝가리의 부랑자, 야간 택시를 운전하는 동안 제 침대를 사용하라던 체코의 택시기사, 기차간에서 우연히 만난 나를 위해 안방 침대를 내줬던 파키스탄의 초등학교 교사, 중국어를 모르는 나를 위해 신장에서 산둥반도까지 데려다준 위구르족 학자….

지난날에 받은 호의와 은혜를 보답할 길 없지만, 이제 알게 되었다. 길에서 받았던 호의와 은혜를 갚는 법은 지금 만나는 여행자를

환대하고 호의를 베푸는 것임을. 인도로 떠났던 이고르가 히말라야에서 샹그릴라를 찾아냈는지는 알지 못한다. 그러나 한 가지는 안다. 훗날 집으로 돌아간 이고르도 알게 되리라.

샹그릴라나 천축국이 목적지가 아니라, 길에서 만난 풍경과 사람이 목적지였다는 걸.

| 3장 |

21세기의 체를 만나다

누구나 '델마와 루이스'가 되는 '영혼의 선착장'

칠레 칠로에 섬

지구 남반구에서 가장 길쭉한 나라, 칠레를 여행한 지 여러 달째. 어느 도시를 가봤는지 묻는 칠레인에게 산페드로아타카마, 발파라이소, 산티아고, 푸콘, 푸에르토몬트, 푸에르토나탈레스, 푼타아레나스 등을 답하고 나면 늘 똑같은 반응이 되돌아왔다.

"칠로에를 안 갔다는 말이야?"

그래서 물었다. "칠로에는 어떤 곳이야?" 돌아온 대답은 저마다 조금씩 달랐지만, 모두를 종합하면 20세기의 제주도 같았다. "칠레 내륙과는 분위기가 완전히 달라. 안개가 잦고 날씨도 오락가락하지만, 정말 아름다운 섬이지. 아름다운 성당, 전설, 신화, 환상적인 이야기. 신비로운 섬이야!"

추천을 거듭 받다 보니 도무지 가지 않으려야 않을 수 없었다. 그러나 막상 가자고 하니 막막했다. 칠레 북쪽에서 남쪽 끝까지 내려온 터라 그 섬으로 가려면 영토의 반을 거슬러 올라야 할 판이었다. 일단 칠레 남부 항구 도시로 북상한 뒤 페리에 옮겨 탔다. 뱃길로 스무 시간이 넘게 걸릴 거라고 했다. 출항 이후 섬들이 겹치고 겹쳐 내륙인지 섬인지, 바다인지 호수인지 분간이 가지 않는 길이었다. 칠레 해안선을 따라 5,000개가량의 섬이 있고, 그 많은 섬들이 칠레 남부 해안선을 지구에서 가장 복잡한 지도로 만들어놓는다.

태평양 위에 아무렇게나 흩뿌려놓은 듯한 섬 사이를 지나 칠로에에 닿은 건 내륙을 떠난 지 28시간이 지난 후였다. 항구에 내리자마자 섬의 중심지인 카스트로행 버스로 갈아탔다. 칠로에는 제주도보다 큰 섬이다. 네 개의 제주도가 들어갈 정도로 넓은 면적이다. 일단 교통요충지에 숙소를 잡는 게 좋을 듯했다.

감자밭이 이어지는 해안 구릉지대를 지나 도심에 닿았다. 버스터미널을 나서자마자 호텔이나 호스텔 호객꾼들이 달라붙었다. 아무 대꾸도 하지 않자 하나, 둘 떨어져 나가고 중년의 한 사내가 남았다. 그가 물었다. "지낼 방을 찾나요?" 그의 눈동자를 바라보았다. 선량함이 전해지는 눈빛이었다. 나는 그를 뒤따라 외진 골목으로 들어섰다. 골목의 끝에서 그를 닮은 듯 선량한 눈빛의 여덟 살 소녀와 다섯 살 소년이 반겼다. 서글서글한 인상의 아내가 웃음을 지으며 반갑게 맞이했다.

나는 바다가 내려다뵈는 해변 민박에 둥지를 틀었다.

낯선 섬에서의 일상이 시작되었다. 하루는 카스트로시의 명소인 성당에 들렀다가 숙소로 돌아오는 길이었다. 음악 소리가 들렸다. 소리의 진원지를 따라가니 거리의 악사가 반도네온으로 아스토르 피아졸라의 탱고곡을 연주하고 있었다. 〈오블리비온〉. 반도네온의 독특한 음색에 심장이 찢기는 듯했다. 세상 사람들은 반도네온을 가리켜 '악마의 악기'라 부른다. 그런 별명이 붙은 이유는 숙달하기가 너무 어렵기 때문이다. 아코디언과 외형은 비슷하지만, 건반이 아닌 타자기 좌판 같은 버튼을 눌러서 소리를 내고, 같은 버튼이더라도 주름상자를 펼칠 때와 오므릴 때의 소리가 달라진다. 어떤 이는 7킬로그램에 달하는 악기를 무릎 위에 올린 채 연주해야 하는 고통 때문에, 어떤 이는 금속판이 떨리며 내는 반도네온 특유의 음색 때문에 '악마의 악기'라고 부른다고 한다. 연주자가 아닌 청중인 내게 반도네온은 '세상에서 가장 시적인 악기'다. 마치 타자기 좌판을 두드려 허공에 리듬과 멜로디로 된 시를 쓰는 것처럼 보이니까. 악사는 시력이 좋지 않은 듯 악보를 들여다볼 때마다 눈을 찡그리곤 했다. 쥘리에트 비노슈를 쏙 빼닮은 그녀를 보며 영화 〈퐁네프의 연인들〉 속 장면이 떠올랐다. 칠로에 섬, 퐁네프의 연인, 반도네온, 기묘한 조합이구나!

화창한 날을 맞아 킨차오섬으로 향했다.

한국으로 치자면, 제주도 곁에 딸린 우도나 차귀도인 셈이다. 선착장이 있는 달카우에 마을에 버스가 섰다. 해변에 '코시네리아 달카우에', 즉 칠레식 '활어회 센터'가 있었다. 한국 항구도시의 '활어회 센터'와는 다른 모습이었다. 건물의 모양이 독특했다. 얇은 나무 판재를 물고기 비늘처럼 덮어씌웠고, 동그란 창문들이 마치 여객선을 연상케 하는 목조 건물이었다. 나무 문을 열어젖혔다. 실내는 해산물 요리를 파는 식당들로 시끌벅적, 테이블마다 손님으로 가득했다. 간신히 자리를 잡았다. 나는 옆자리 손님과 같은 요리를 주문했다.

쿠란토는 칠로에 섬의 대표 음식이다. 숯불에 뜨겁게 달군 돌멩이

위에 해산물, 닭고기, 소시지, 감자 등을 놓고 나뭇잎을 잔뜩 덮어서 익힌 찜요리, 고고학자들의 연구에 따르면 쿠란토의 기원은 선사시대까지 거슬러 올라간다고 했다. 적어도 6,000년 전부터 이곳에 살아온 원주민이 만들어온 요리다. 10분가량 기다리자 쿠란토가 나왔다. 육즙 흠뻑 머금은 고기와 소시지는 담백했으며, 바다 향기를 그대로 간직한 해산물은 향긋했다. 마치 칠로에 섬이 통째로 입안으로 들어오는 것처럼.

주말이었던 터라 선착장 앞 광장에 공예품 시장이 열렸다. 온갖 수공예품들이 전시되고 판매되었는데 특히 인형 가게가 많았다. 인형의 상체는 사람인데 하체는 물고기 형상이었다.

“이 인형은 인어공주인가요?”

“칠로타랍니다. 금빛 머리칼에 상체는 여자고, 하체는 물고기 비늘로 뒤덮인 전설의 동물이죠.”

가게 주인이 털실로 인형을 짜며 말했다. 칠로타는 칠레의 마푸체 신화에 등장하는 반신반어 ‘섬파이’와 그리스 신화에 등장하는 ‘사이렌’이 결합한 생명체라고 했다. 원주민 사이에서 입에서 입으로 전해져 오던 전설이 15세기 이후 스페인 침략자들이 싣고 온 그리스 신화와 융합한 셈이다. 칠로타와 더불어 남성의 얼굴, 바다사자의 몸뚱이, 비늘로 뒤덮인 하체를 가진 ‘핀코이’도 있다. 칠로에 섬엔 이들 외에도 돼지 얼굴을 한 물고기, 죽은 영혼이 타는 배, 마법의 돌 등 판타지 소설에나 나올 법한 존재와 그에 얽힌 이야기가 가득했다.

킨차오 섬을 왕복하는 배가 도착했다. 여행자들이 킨차오 섬을 방문하는 가장 큰 이유는 유서 깊은 성당들 때문이다. 칠로에 섬을 통틀어 150개가 넘는 성당이 있는데, 그중 15개가 유네스코 세계문화유산으로 지정되었으며, 이들 중 가장 오래된 아차오 성당이 킨차오 섬에 있기 때문이다. 섬 사람들은 일찍부터 배를 만들 때의 공법을 그대로 응용하여 성당을 지을 때도 못 하나 사용하지 않고 장부를 맞춰 지었다. 그래서 유럽에서 봐온 대리석, 벽돌 등 석재로 지어진 성당과는 느낌이 확연히 달랐다. 나무로 된 계단, 나무로 된 마루, 나무로 만든 창틀, 기둥, 심지어 아치까지 나무로 지은 성당은 나무 특유의 질감 때문에 마음을 평온하게 해주었다. 회청색으로 칠한 천장엔 내소사 꽃 문살을 닮은 무늬를 새겨 놓았다. 내가 고개 든 채 넋 놓고 한참을 바라보자 성당 관리인이 다가와 천장에 새겨진 작품 이름을 알려주었다.

"저건 〈에덴의 정원〉이랍니다!"

칠로에 섬의 명소를 찾아서 나들이 나갔다가 섬의 중심인 카스트로 시로 돌아올 때면 언제나 랜드마크인 프란시스코 성당을 지나곤 했다. 노란색으로 칠한 건물 외벽과 흰색으로 칠한 창틀, 빨간색과 보라색의 첨탑 등 색색으로 칠해진 성당 앞에 앉아 있으면 동화 속으로 들어와 있는 듯해 기분이 좋았다. 특히 스테인드글라스를 통과한 햇빛이 성당 안에 깃드는 일몰 무렵엔, 빛이 나무로 만든 기둥과 바닥에 반사되면서 세상에서 가장 아늑한 둥지에 들어온 것처럼 느껴졌다.

한바탕 비가 지나간 후, 섬의 하늘이 화창하게 개었다. 나는 칠로에의 또 다른 명소 '영혼의 선착장'(Muelle de las Almas)을 찾아가기로 했다. 시외버스를 타고 쿠카오 마을버스 정류장에서 내린 후 바다를 향해 튀어나온 푼타피룰릴 곶까지 걸었다. 해안언덕을 오르내리는 동안 땀방울이 흘러내렸지만, 해안절벽을 따라 펼쳐지는 절경이 더위를 식혀주었다. 이곳 해안에 절벽이 생긴 건 불과 60년 정도밖에 안 되었다고 한다. 불의 고리, 리히터 9.5 규모의 강력한 지진으로 인

해 땅이 내려앉고, 낭떠러지가 생긴 것이다. 그때 많은 이들이 목숨을 잃었다. 그날의 아픔을 기억하며 조각가 마르셀로 오레야나 리베라는 해안절벽에 목조각 작품을 세웠다.

〈영혼의 선착장〉.

칠레 원주민인 마푸체 부족 신화에 따르면 인간의 영혼은 우주의 영혼(Pu-Am)에서 나온 불꽃이다. 불꽃은 탄생과 동시에 육체에 깃들었다가 한 생명이 다하면 다시 '푸-암'으로 녹아든다. 이때 고래로 환생한 노파가 죽은 자의 영혼을 바다 건너 내세로 옮겨준다고 한다. 조각가 마르셀로는 칠로에 섬의 전설에 착안해 선착장을 형상화한 작품을 만들었다. 나무 질감을 살린 작품은 투박해 보이기도 하지만 절묘하게 휘어지는 곡선이 마치 인생 행로처럼 기묘한 아름다움을 자아낸다.

'영혼의 선착장'이라지만 허공에 배를 정박할 순 없으니 배가 있을 리는 없었다. 관광객들은 더 이상 갈 수 없는 낭떠러지 앞 선착장에 서서 기념사진을 찍었다, 차례차례 순서를 기다리며. 한 가족이 촬영을 하고 내려온 뒤였다. 다음 차례를 기다리던 두 여자가 손을 맞잡고 서로를 향해 고개를 끄덕이더니 해안절벽의 끝, 선착장의 끝을 향해 질주했다.

그러곤 수평선 위로 날아올랐다.

나는 카메라 셔터를 눌렀다. 찰칵. 제자리 점프였지만, 그건 마치 영화 〈델마와 루이스〉의 또 다른 엔딩처럼 보였다. 고압적인 남편과 억눌린 일상에서 벗어나 단 하루라도 자유를 누리고 싶었던 주부 델마는 절친 루이스와 함께 결혼 후 첫 여행을 떠났다. 그리고 델마가 마주한 건, 남성이 여성을 상대로 성희롱과 성폭력을 대수롭잖게 저지르는 세상이었다. 엉겁결에 벌어진 사고, 경찰에게 쫓기던 두 사람이 다다른 그랜드캐니언, 깎아지른 절벽 앞의 차 안에서 델마가 루이스에게 말한다.

"우리 잡히지 말자!"
"너 지금 무슨 말을 하는 거니?"
"저스트 킵 고잉 온(계속 가자!)"

남녀를 구분하지 않고 많은 관객이 영화 〈델마와 루이스〉를 사랑하고 엔딩 장면에 전율하는 이유는 누구에게나 탈출하고 싶은 '무엇'이 있기 때문이다. 무엇은 지루한 일상일 수도, 가사노동일 수도, 직장 상사일 수도, 과중한 업무일 수도 있다. '무엇'으로부터 벗어나고 싶은 이들은 종종 여행을 탈출구로 선택하고, 그들 중 일부는 탈출한 '무엇'에게 두 번 다시 붙잡히지 않는다. 여행길에서 자신의 본성 혹은 야성을 깨닫기 때문이다. 머리를 마구 풀어 헤치고 담배를 꼬나문 델마가 루이스에게 물었다.

"나 지금 꼭 미친 사람 같지?"
"그게 원래 너였어. 그동안, 네 모습을 보여줄 기회가 없었던 거야."

〈영혼의 선착장〉을 찾은 사람들이 해안절벽 앞에서 점프할 때면 칠로에 섬의 신화와 전설이, 영화 〈델마와 루이스〉의 장면이 뒤섞인 채 내 머릿속에서 거대한 소용돌이를 일으켰다. '경이로운 자연 풍광'이 '예술성 높은 작품'과 만나면 얼마나 큰 감흥을 불러일으키는지! 새삼스레 깨달으며 그대에게 전하고 싶은 말이 떠올랐다.

그대, 탈출을 꿈꾼다면 목적지를 칠로에 섬으로 삼아도 좋으리라!

'모터사이클 다이어리' 루트에서 '21세기의 체'를 만나다

칠레 발디비아

로버트 레드포드가 월터 살레스에게 〈모터사이클 다이어리〉의 영화화를 제안하자 브라질 출신의 영화감독 월터는 체 게바라가 쓴 〈나의 첫 번째 큰 여행〉, 〈모터사이클 다이어리〉뿐 아니라 알베르토의 〈체와 함께한 남미여행〉, 체 게바라의 친구·가족들과의 인터뷰까지 종합하여 한 편의 시나리오를 완성했다. 그는 3년 동안 두 차례에 걸쳐 〈모터사이클 다이어리〉의 행로를 따라간 후에야 촬영에 들어갔다.

21세기 초 드디어 〈모터사이클 다이어리〉가 개봉됐다.

'실재했던 체 게바라'와 '영화 속 체 게바라'가 전혀 다르다는 한국 영화평론가들의 불평이 쏟아졌다. 그들은 '책 속의 체'와 '영화 속의 체'를 비교하며 '실존했던 체는 그런 청년이 아니라, 이런 청년이었다!'고 강변했다. 왜 '서울 안 가본 사람을 서울 가본 사람이 못 이긴다'라는 속담이 떠올랐을까? 그들 중 몇 명이 라틴아메리카의 청년들과 교우를 나눠봤을까? 적어도 그들 중 〈모터사이클 다이어리〉의 루트를 여행하며 길 위의 남아메리카 청년을 만난 이가 있었더라면, 월터 살레스가 그린 체 게바라의 모습에 공감했으리라. 때로 한 사람을 알기 위해선 그가 지나간 길을 직접 경험하는 것보다 더 나은 방법이 없다.

〈모터사이클 다이어리〉의 여정 중 체가 가장 설레었던 순간은 언제였을까?

짐작컨대 처음으로 태어난 나라의 국경을 넘는 날이었을 것이다. 고국에서 마지막으로 묵었던 도시는 산 카를로스 데 바릴로체. 설산 아래 파란 호수들이 꽃잎처럼 내려앉은 '레이크 디스트릭트'를 지나던 날, 스물세 살의 청년은 일기장에 썼다. '세상을 돌아다니다가 지치면 아르헨티나로 돌아와 안데스산맥 호숫가에 정착할 것이다.' 체는 알베르토와 함께 모터사이클을 선박에 싣고 바릴로체의 선착장을 떠났고, 국경을 넘어선 여정은 칠레의 페우야, 오소르노, 발디비아로 이어졌다.

나는 아르헨티나의 바릴로체에서 칠레의 발디비아까지 버스를 타고 단번에 갔다. 그 시절 체가 지났던 경로는 폐쇄되고 새로이 231번(칠레에선 215번) 도로가 생겼기 때문이다. 안데스산맥을 넘는 사이 설산이 진눈깨비를 흩뿌렸다. 버스가 산굽이를 지날 때마다 오소르

노 화산이 눈앞에 나타났다가 사라지길 반복했다. 나는 정오 무렵에야 발디비아에 닿았다. 카예카예 강, 카우카우 강, 크루세스 강. 발디비아는 세 강의 합류 지점에 자리한 항구도시로 칠레에서 가장 유서 깊은 도시 중 하나다.

체가 발디비아에 도착했던 2월은 발디비아 시 설립 기념행사 기간이었다고 한다. 지금도 이 무렵엔 강의 여왕을 뽑는 미인대회, 스페인 식민지 시절 시위를 재현한 행사, 공예품 시장 등 다양한 행사가 열린다. 당시 체는 축제의 흥에 겨운 발디비아 시민들의 밝은 환대 때문인지 칠레인을 침이 마르도록 칭찬했고, 한편 칠레의 신문기자들에게 자신의 여행계획을 꽤 거창하게 떠들었던 모양이다. 허풍으로 인해 받은 관심과 감탄과 환대로 인해 일약 발디비아의 스타가 되었으니까. 철부지 같은 행동이었지만 어쩌면 그날의 허풍스런 인터뷰가 '나비효과' 마냥, 그의 미래를 바꿔놓을 날갯짓이었는지도 모르겠다.

알베르토와 체는 철없고 무모한 청년에 불과했다. 그러다 모터사이클이 고장 나고, 모터사이클을 버린 후에야 변화와 성숙의 단초가 풀린다. 얻어 탄 트럭 짐칸, 장거리 버스, 두 발로 직접 걷는 동안, '모터사이클 위에 단 두 사람만 올라탄 여정'에서 '민중과 함께 올라탄 여정'으로 바뀌었기 때문이다.

내가 발디비아에 예약한 호스텔은 독일식 목조주택이 늘어선 거리에 있었다. 일단 배낭을 호스텔 침대 옆에 던지고 밖으로 나왔다.

칠레는 독립 이후 유럽인이 자신들의 경제·문화에 긍정적 영향을 주리라는 판단으로 독일에 '이민자 유치 사무소'를 열었다. 수천 명의 독일인을 비롯해 오스트리아, 헝가리인이 발디비아에 터를 잡았다. 그랬던 까닭에 지금도 발디비아에선 독일 옥토버페스트와 유사한 맥주 축제가 열린다.

우선 발디비아 대표 명소 '강변수산시장'부터 찾아갔다.

태평양에서 거슬러 올라온 바다사자 무리가 강변에서 꾸벅꾸벅

졸고 갈매기 떼가 날아다니는 탓에 이곳이 바다인지, 강인지 구분이 되지 않았다. 강변수산시장은 "이전에 보지 못한 온갖 상품들이 가득했다. 다양한 먹거리를 파는 시장… 모든 것이 아르헨티나와 달랐다"던 체의 기록과 크게 달라진 게 없었다. 태평양에서 잡은 싱싱한 생선과 조개류가 놓인 좌판 사이로 아주머니가 해산물 스튜를 팔고 있었다. 나는 홍합, 조개, 생선이 들어간 스튜 두 그릇을 단숨에 먹어치웠다. 아르헨티나에서 소고기만 먹어대다가 칠레산 해산물을 먹으니 살 것 같았다.

늦은 오후로 접어들자 청년들이 도시의 거리를 가득 채웠다.

인구가 16만 정도이니 한국의 당진과 비슷한데, 아우스트랄종합대학교를 비롯하여 산세바스티안, 산토토마스 등 여러 대학과 연구소가 있는 대학도시였다. 도시 인구의 대다수를 청년이 차지하는 도시의 저녁은 활기찼다. 해 저문 후 숙소로 돌아오니, 배낭을 던져두고 나갈 때와 달리 숙박객들로 가득했다. 저마다 가슴팍에 명찰을 달고 있었다. 단체관광객인가? "대학에서 열리는 행사에 참석하러 온 사람들이야." 호스텔 주인이 귀띔해 주었다. 대부분 20~30대였고, 밝고 다감한 청년들과 나는 금세 친해졌다.

"로, 내일은 어디로 갈 거니?"
"코랄만에 다녀오려고!"
"멋진 곳이지, 식민지 시대 요새도 놓치지 마. 그리고 시간 나면 식물원엔 꼭 가봐."

"식물원? 어디에 있는데?"

"아우스트랄대학교 안에 있어. 휴식하기 정말 좋은 곳이야!"

아침에 일어났을 땐 숙소가 다시 조용했다. 청년들이 대학에서 열리는 컨퍼런스에 참가하러 간 후였으니까. 나는 코랄만으로 향했다. 도시를 빠져나온 지 30분쯤 지나 버스가 섰다. 해변 정류소 앞에 '쓰나미 대피로' 표지가 세워져 있었다. 지진 관측 역사상 가장 강력한 리히터 9.5에 달하는 지진이 발생한 곳이었다. 해안선을 따라가자 '안개성'이란 이름의 요새가 나타났다. 칠레를 식민지로 삼았던 17

세기 스페인 정복자들은 네덜란드 해군과 영국 해적을 막기 위해 해변을 따라서 대포 방어시스템을 구축했다. 스페인 군복 차림의 요새 안내원이 식민지 시절 무용담을 주먹 불끈 쥐고 소리쳤다. 나는 졸음이 쏟아졌다. 내가 보기엔 스페인이나, 네덜란드나, 영국이나 약탈자이긴 마찬가지였으니까.

해변에서 돌아와 아우스트랄대학교로 갔다. 크루세스 강 가운데 여의도 면적 1.3배의 섬 안에 자리하고 있었다. 섬의 절반은 대학 건물, 기숙사, 카페, 주택가이고 절반은 공원과 녹지가 뒤섞인 하중도(河中島)였다. 청년들이 추천했던 식물원은 중앙도서관 뒤에 있었다. 저무는 햇살에 나뭇잎 반짝이는 오솔길을 지났다. 활짝 핀 연꽃들이 연못에 가득했다. 도서관에서 나온 학생들이 식물원 내 연못가 벤치에 앉아 담소를 나눴다. 나무 아래 잔디밭에선 청년들이 바비큐를 구워 먹으며 웃음을 터트렸다.

숙소로 돌아오니 컨퍼런스에 다녀온 청년들이 파티를 벌이고 있었다. "로, 우리와 같이 한잔하자!", "좋지!" 나도 맥주를 사 들고 술자리에 동참했다. 국제환경 컨퍼런스에 참가한 젊은이들이라선지 환경에 관한 대화가 이어졌다. 나는 한국에선 '국립공원에 케이블카를 놓으려는 시도가 반복된다'는 얘기를 꺼냈다. 그러자 다들 이해할 수 없다는 반응이었다. 산티아고 대학원생인 영국인 제이슨이 "국립공원이라면 개발사업을 할 수 없는 곳이고, 개발사업을 한다면 국립공원이 아니잖아?"라고 물었다. 나는 제이슨에게 되물었다. "그럼 유럽 알프스의 그 많은 케이블카는 뭐니?"

"알프스의 경우, 환경에 대한 관심이 낮았던 20세기에 설치한 케이블카가 대부분이야. 게다가 알프스는 프랑스, 이탈리아, 스위스, 오스트리아 등 여러 나라에 걸친 산맥이다 보니 관광객을 타국에 서로 뺏기지 않으려고 경쟁적으로 놓은 측면도 있어. 한국의 경우 국경이 잇닿는 나라들과 경쟁하는 것도 아닌데, 자국의 국립공원을 파괴하려는 건 도무지 이해가 안 돼."

일본계 브라질인 카밀라가 말을 이었다. "할머니 고향에 간 적이 있어. 일본인들이 후지산 등산로에 케이블카를 놓지 않는 건 경외감 때문이야. 일본 최고의 산을 쉽게 오를 수 있는 곳으로 만들 순 없다는.", "아르헨티나도 마찬가지! 남아메리카 최고봉 아콩카과 산을 돈벌이에 이용할 순 없지!" 아르헨티나 멘도사에서 온 디에고가 소리쳤다. "관광 수입도 중요해. 그러나 칠레의 토레스델파이네 국립공원은 케이블카 같은 인공시설물이 아니라 트래커들을 위한 친환경 편의시설, 잘 보전한 자연으로 관광객을 불러들여. 만약 국립공원에 케이블카를 놓으려 한다면 당장 환경법원에 제소해야지!" 처음 듣는 단어였다. "환경법원이 뭐니?"

"이번에 우리가 참가한 컨퍼런스도 환경법원이 주최한 거야. 환경파괴, 과도한 개발, 공기·수질오염 등 환경분쟁을 해결하기 위해 만들어진 상급 법원이야. 판사가 법에 대해선 잘 알겠지만 자연, 생물, 해양 문제에 관해선 전문가가 아니니까 올바른 판단을 내리긴 쉽지 않아. 그래서 과학전공자와 법률가가 파트너십을 이룬 환경법원을 따로 두지.", "한국에도 환경부가 있긴 해.", "그건 행정부잖아! 일개

정당이나 정치인에게 백 년, 아니 천 년의 지구환경을 맡길 순 없어. 정부의 성향과 상관없이 삼권이 분립된 사법부에 환경법원을 따로 둬야지." 칠레 대학원생인 페데리코가 말했다.

"칠레 말고 다른 나라에도 환경법원이 있니?" 나는 다른 청년들을 돌아보며 물었다.

"1980년 호주의 뉴사우스웨일즈에서 처음으로 환경법원이 설립된 뒤 뉴질랜드, 영국, 캐나다, 미국, 프랑스 등 다른 나라들로 확산

됐어. 현재 전 세계 40여 개 나라에서 환경법원을 두고 있지. 지구환경의 중요성만큼 환경법원도 계속 늘어나는 추세야." 후안의 얘기를 듣고 있던 제이슨이 한마디 덧붙였다. "사안별 환경운동을 벌이는 것도 중요하지만, 환경법원 설립처럼 건강한 시스템을 구축하는 게 더 중요할 수도 있어."

젊은 도시 발디비아의 호스텔 마당에서 토론이 계속 이어졌다.

지구 반대편의 일이지만, 어느 곳이든 지구였기 때문이다. 청년들의 대화는 국립공원에 세우려는 케이블카에서 해양오염, 플라스틱 쓰레기로 가지를 쳤다. 그들의 열띤 목소리를 듣는 사이, 나는 마치 체 게바라가 멕시코시티에서 피델 카스트로 등 혁명가들과 벌이던 열띤 논쟁 속으로 빨려 들어간 듯한 기분이었다. 그러다 문득 21세기의 체 게바라는 지구환경을 위해 싸우는 활동가 중에 나오지 않을까, 하는 생각을 했다. 어쩌면 지금 지구라는 행성 그 어느 곳을 여행하는 철없는 청년이 파괴되어가는 지구환경을 목격하면서 또 다른 존재로 변화하고 있는지도 모르겠다.

그가 또 다른 체 게바라다.

'미술계의 채플린' 보테로가 만든 웃음의 광장

콜롬비아 메데인

20세기의 가장 유명한 미술가를 꼽으라면 저마다 의견이 분분하겠지만, '파블로 피카소'라고 답하면 대부분은 수긍할 것이다. 그러면 21세기 초 미술가 중 가장 유명한 이를 꼽으라면? 물망에 오를 작가는 여럿이겠지만, '페르난도 보테로'라고 답하면 많은 사람이 수긍할 것이다. 일단 작품값으로만 따져도 그의 드로잉은 한 점당 1억, 유화는 20억, 조각은 50억 원에 이른다.

70년 전 콜롬비아의 고등학교는 이토록 창창(?)할 그의 미래를 진작 알아봤던 것일까? 보테로가 다니던 학교 교장은 아버지를 여윈 후 신문 삽화로 생활비를 벌며 학업을 이어가던 그를 퇴학시켰다. 자고로 제도교육의 '숨은 목적'이란 탁월한 작가나 뛰어난 예술가의 탄생에 이바지하는 게 아니던가! 학생 보테로가 쓴 신문사 기고문 중 '큐비즘은 현대사회에서 개인성의 파괴를 반영한다'는 부분이

공산주의자들의 생각과 닮았다는 게 퇴학 사유였다. 매카시즘에 빠진 교장은 '썩은 사과 하나가 싱싱한 사과들까지 물들일 수 있다'라는 판단을 내렸다. 덕분에 보테로는 한결 빨리 고향을 떠날 수 있었다. 그 후 인생은 조지프 캠벨이 〈천의 얼굴을 가진 영웅〉에서 그린 영웅행로, 그대로다.

집을 떠난다. 고난을 겪는다. 보물(깨달음)을 얻고 귀환한다.

수도 보고타로 가서 회화 실력을 인정받은 보테로는 책으로만 접한 거장들의 세계를 직접 보고 배우기 위해 유럽으로 떠났다. 이탈리아에서 고전미술을 배우고, 프랑스에서 현대미술을 체감한 후, 그는 고국으로 돌아와 잠깐 머물렀다가 다시 여행길에 올랐다. 멕시코로, 미국으로!

어느덧 세월이 흘러 1963년, 뉴욕의 '메트로폴리탄 미술관'에서 〈다빈치 전시회〉가 열렸다. 프랑스 바깥으로 처음 반출된 모나리자 얘기로 뉴욕이 떠들썩하던 날이었다. 그때 뉴욕 '현대미술관'에 또 다른 모나리자가 걸렸다. 〈12살의 모나리자〉. 보테로의 이름을 알리게 된 일대 사건이었다. 보테로가 그린 뚱뚱한 인물과 뚱뚱한 동물과 뚱뚱한 사물이 자아내는 독특한 분위기에 매료된 이들이 점점 늘어났다. 보테로는 유명해졌다. 그러나 마음이 편치는 않았다. 미국보다 유럽이 더 편안하다고 말하자 그의 아내가 물었다.

"그럼 이사 갈까?"

유럽으로 간 보테로는 조각가로 변신해 또다시 세상을 놀라게 했다. 그동안 그려온 뚱뚱한 인물과 사물을 입체로 구현한 작품이었다. 볼륨이 즉각 느껴지는 조각은 보테로의 명성을 더 높여주었다. 프랑스 파리 시는 샹젤리제 거리를 생존 작가의 전시장으로 처음 내주었다. 보테로는 지구에서 가장 유명한 미술가가 되었다. 이제 프랑스에 이어 영국, 스위스 등 유럽을 시작으로 미국, 싱가포르, 일본에서까지 보테로 작품을 사들이면서 작품의 가치는 점점 더 치솟았다. 보테로는 작품을 팔아서 번 돈으로 피카소, 샤갈, 미로 등 거장들의 작품을 사들이기 시작했다. 그리고 그렇게 모은 컬렉션에 본인의 작품 200점까지 보태어 콜롬비아에 기증했다. 변변한 미술관 하나 없었기에 유럽으로 그림을 보러 떠났던 자신의 과거를 떠올리며.

한국에서 '페르난도 보테로 전시회'가 열린 적이 있다. 조각 작품이 아니라 비교적 운반이 쉬운 회화 작품 위주의 전시였다. 대형 조각 작품을 전시하려면 배송료도 만만치 않다. 결국 지구에서 가장 유명한 미술가의 대작을 감상하려면 작품들이 있는 장소로 직접 찾아가야 한다.

나는 콜롬비아로 갔다. 두 번째 콜롬비아 방문이었다. 첫 방문 땐 미술관을 찾아다닐 여유가 없었다. 에콰도르에서 강도들에게 가진 걸 다 털린 후 떠돌이 서커스단에 합류해 유랑하던 시절이었기 때문이다. 두 번째 콜롬비아 방문은 아내와 함께였다. 우리는 콜롬비아 서북부 메데인에 도착한 후, 다음날 지하철을 타고 보테로 광장으로 갔다.

23점의 작품이 광장과 거리에 놓여 있었다.

경이로웠다. 게다가 무료였다. "많은 사람이 미술관을 찾을지라도 미술관은 결국 엘리트를 위한 곳이다. 작품들을 거리에 설치하면 모든 사람이 감동할 수 있다." 보테로의 지론이었다. 그는 처음에 11점을 광장에 전시하기로 했다. 그랬다가 장소를 둘러본 후 기증할 작품 수를 더욱 늘렸다. 게다가 작품의 위치, 높이, 방향까지 세심하게

조언했다. 그가 정한 원칙은, 어린아이들이 쉽게 올라타고 누구든지 만질 수 있도록!

아내는 콜롬비아에 온 이래 가장 행복해 보였다. 보테로 광장을 걸으며 연신 웃음을 터트렸다. 신체 크기에 비해 턱없이 작은 발이 앙증맞다며 작품을 쓰다듬었다. 많은 이들이 보테로 작품의 머리에 앉고, 엉덩이 위에 올라서고, 배 위에 엎드린 채 사진을 찍었다. 한국에서라면 '거장의 작품을 함부로 대한다'라고 역정 내는 이가 많았을 것이다. 메데인에선 그 누구도 제지하지 않았다. 작품 위에 올라선다고 해서 보테로에 대한 존경과 사랑이 사라지는 게 아니며, 진정한 권위란 두려움으로 만들어지는 게 아니기에.

보테로 광장은 21세기에 만들어진 광장 중 최고의 광장이었다.

우리는 다른 작품도 관람하기 위해 안티오키아 미술관으로 들어갔다. 콜롬비아인은 무료, 외국인은 유료였다. 보테로 광장이 생기기 전까지 외국인의 메데인 방문은 극히 드물었다. 마약과 폭력과 암살자들로 악명 높은 도시였으니까. 딱히 볼 것도 없는데 굳이 위험천만한 도시를 찾아갈 이유는 없었다. 이제 마약왕은 죽었고 보테로가 기증한 작품들과 더불어 메데인은 변했다. 세계 곳곳에서 보테로의 작품과 더불어 그가 모은 세계적인 컬렉션을 관람하기 위해 관광객들이 이 도시로 날아와 기꺼이 미술관 관람료를 지불한다. 그렇게 모인 관람료는 콜롬비아의 젊은 화가들을 위한 지원금으로 사용된다. 보테로는 항상 말해왔더랬다.

"예술이 세상을 바꿀 수는 없지만, 할 수 있는 건 다 해봐야지!"

안티오키아 미술관엔 더 많은 작품이 전시되어 있었다. 무엇보다 눈에 띄는 작품은 〈만돌린〉이었다. 일찍부터 보테로는 르네상스 미술의 풍만함에 이끌렸다. 그러나 아직 자신만의 확고한 스타일이 존재하지 않던 시절, 어느 날 현악기 만돌린을 그리던 중 가운데 사운드홀을 실제보다 훨씬 작게 그리고 말았다. 순간, 그림 속 만돌린이 폭발하듯 부풀어 올랐다. '볼륨의 비밀'을 발견하는 순간이었다. 유레카!

고대 그리스 시대부터 황금비율이 존재했다. 유클리드 이전부터 대략 1대 1.6(플러스마이너스 알파) 비율로 수많은 건축, 조각, 그림, 사진, 영화가 제작되었고, 지금도 우리가 '아름답다'라고 여기는 작품들은 이 정도 비율을 따른다. 그러나 보테로의 인물, 동물, 과일은 이런 비율을 무시했다. 그런데도 우리는 보테로의 작품을 감상하면서 '아름다움'에 더해 '즐거움'까지 느낀다. 보테로는 엉뚱한 지점에서 튀어나와 기존의 미술을 전복했다. 물론 보테로를 향해 미술의 최전선에 있는 작가가 아니라고, 대중에 영합하여 예술의 하향 평준화에 기여하는 작가라고 비난하는 평론가들도 있다. 그런 이가 내 곁에 있다면 보테로의 작품을 만지고, 올라타며 '웃음 터트리는 사람들'을 먼저 보라고 권하고 싶다. 사람들은 보테로를 '남아메리카의 피카소' '색채의 마술사' 등 여러 별명으로 부른다. 나는 그를 '미술계의 채플린'이라고 부르고 싶다.

나의 '최애' 예술가는 찰리 채플린인데, 지구 둘레길에서의 경험들 때문이다. 아프리카 외딴 마을에서였다. 허름한 식당에 낡은 텔레비전이 있었다. 현지인들이 자지러지듯 웃음을 터트렸다. 웃음이 멈추지 않았다. 브라운관을 바라보았다. 찰리 채플린이 만든 무성영화였다. 순간 기시감에 휩싸였다. 라오스 외딴 산골에서도 같은 일을 겪었다. 이장 집에 방을 빌려 하룻밤 묵기로 했다. 밤이 되자 텔레비전을 보러 동네 사람들이 이장 집 마당으로 모여들었다. 쉴 새 없이 웃음이 터졌다. 이번에도 찰리 채플린이었다! 인류가 예술을 만

들고, 향유한 이래 '채플린만큼 인류를 행복하게 한 예술가'가 있었던가?

보테로의 작품은 웃음 짓게 한다. 물론 그가 만든 모든 작품이 유쾌한 건 아니다. 2004년 이라크 '아부그라이브 수용소'에서 미군이 자행한 포로 학대가 세상에 알려졌다. 보테로는 이를 소재로 그림을 그리고 전시를 한 후, 미국의 대학에 기증했다. 내가 찾은 안티오키아 미술관 소장품 중에서도 웃지 못할 그림이 있었다, 〈에스코바르의 죽음〉. 아직도 메데인을 '보테로의 고향'보다 '마약왕이 활동했던 도시'로 떠올리는 이가 더 많다. 많은 매스미디어가 에스코바르에

관한 이야기를 소재로 삼기 때문이다. 나는 그가 정치인으로 나섰을 때의 현지 반응 정도만 언급하는 것으로 그치겠다.

코카인을 팔아 세계 10대 부자가 된 에스코바르, 그가 하원의원이 되었을 때였다. 마약왕이 대통령까지 되길 바라는 시민도 있었다고 한다. '거대 양당이 적대적 공생관계를 통해, 작은 정당들이 정치에 끼어들 수 없는 이너 서클'을 형성해 왔는데, 그나마 에스코바르가 총과 돈으로 '콜롬비아의 고질적인 정치 구도'에 균열을 일으켰다는 게 그 이유였다. 거대 양당이 벌이는 정치가 얼마나 싫었으면, 마약왕을 응원했을까! 아, 악당에 대한 얘기는 이쯤에서 끝내자. 어떤 경우 악당을 언급하는 것만으로도 악의 확장에 보탬이 되기에.

미술관 문을 닫을 시간이 임박했다. 소나기가 지나고 있었다. 나는 보테로가 미술관 기증식에서 했던 발언을 떠올렸다. "메데인을 마약과 폭력과 암살자의 도시가 아니라, 예술과 교육과 진보의 도시로 만듭시다. 메데인은 고풍스럽고 깨끗한 도시가 될 수 있고, 되어야 합니다. 평화의 도시가 될 수 있고, 되어야 합니다." 보테로의 대대적인 작품 기증과 보테로 광장이 세워진 후, 메데인의 살인율은 95%, 빈곤율은 66% 감소했다. 그의 바람은 현실이 되고 있다.

보테로의 삶을 다룬 다큐멘터리 〈보테로〉를 보면, 1932년생인 노년의 작가가 매일 스튜디오에 출근해서 캔버스를 마주한 채 무언가를 그리고, 무언가를 배우고, 무언가를 해결하기 위해 골몰한다. 그는 말했다, 페인팅에서 가장 중요한 것은 밸런스라고. 분명 '미술'에 대한 얘기였지만, 내겐 정치적·사회적 문제들로 뒤얽힌 '인간세계'에 대한 이야기로 들렸다.

"균형이 모든 것이야. 이쪽을 높이면, 저쪽이 내려가지. 그래서 조화와 해결책이란 게 존재해. 완벽하게 그리는 건 불가능해. 단지 조화를 위해 계속 작업할 뿐이지. 그래서, 영원히 그릴 수 있다네!"

가브리엘 마르케스가 사랑한 카리브의 항구도시

콜롬비아 카르타헤나

크리스토퍼 콜럼버스가 굳게 믿었던 대로, 대서양과 태평양 사이에 그 어떤 대륙도 존재하지 않았다고 가정해 보자. 1492년 인도로 가는 신항로를 개척하기 위해 서쪽으로 향하던 콜럼버스와 그 일행이 대서양을 건너 일본에 닿았다. 일본을 인도의 부속 섬이라고 확신했던 그들은 본토에 해당하는 한반도엔 금은이 가득하다고 스페인 국왕에게 알렸다. 황금에 눈먼 스페인 국왕은 함선과 군대를 보내 조선의 왕을 납치하고, 금은보화를 내놓지 않으면 죽이겠다고 협박, 갖은 재물을 약탈한 후 조선의 왕을 살해했다. 정복자들은 여인들을 강제로 범했고, 그들의 체액과 의복에 묻어온 콜레라, 홍역 등 세균은 한반도 인구 대부분을 몰살시켰다. 살아남은 백성은 광산으로 끌려가 죽을 때까지 일했고, 캐낸 재화는 모두 유럽으로 보내졌다. 그렇게 사람을 죽이고 재화를 약탈한 이들이 이렇게 말한다면?

"우리가 한반도를 발견했다니까!"

15세기 말 한반도에 배달 민족이 살았던 것처럼, 아메리카 대륙에도 원주민이 살고 있었다. 발견(?)은커녕, 침략과 약탈로 7,300만 명 이상의 아메리카 원주민 중 95%에 달하는 6,950만 명이 생명을 잃었고, 단 5%가 살아남았다. 생존자들은 광산과 농장에서 일하다가 죽었고, 갖은 재화는 카리브해 연안에 정박한 선박에 실려 유럽으로 보내졌다. 당시 스페인이 아메리카에서 거둬들인 금은의 양은 막대

했다. 연간 5톤에서 10톤으로, 15톤으로 늘어났고, 다른 유럽 열강들이 스페인으로 향하는 재화를 탈취하기 위해 자국 상선에게 사략허가증(적선을 약탈할 수 있는 허가증으로서 약탈품의 일부는 세금으로 바친다)을 팔기 시작했다.

'해적들의 황금시대'가 열린 것이다.

스페인 입장에선 해적이지만 영국, 프랑스, 네덜란드 입장에선 국익에 앞장서는 일꾼이었다. 사략선의 선장과 선원들은 필요에 따라 해군과 해적 사이를 오락가락하기도 했다. 그런 이들 중 가장 출세한 인물로는 영국인 드레이크가 있다. 해적이자 노예 상인이었던 그가 영국 왕실에 바친 세금이 왕실의 1년 예산과 맞먹을 정도였다. 덕분에 그는 기사 작위를 받고 해군 제독의 지위까지 올랐다던가! 지금도 스페인에선 해적 드레이크라 부르고, 영국에선 드레이크경(Sir Drake)이라 부른다.

드레이크, 모건, 블랙비어드 등 해적들이 카리브해를 헤집고 다니던 17세기 중반부터 18세기 초 카리브해엔 온갖 재화가 오가며 번성했던 도시가 있었다. 가장 번성한 도시 중 하나가 '카르타헤나데인디아스'(Cartagena de indias). 카리브해의 무역 중심지이자 남아메리카로 들어가는 관문이던 항구도시였다. 그러나 19세기에 카라카스(현재 베네수엘라의 수도) 출신 볼리바르 장군이 스페인령 남아메리카를 해방하고, 보고타가 콜롬비아의 수도가 되면서, '영광의 도시'(La Heroica)로 불렸던 카르타헤나는 쇠락의 길로 접어들었다.

그로부터 200년.

콜롬비아 땅에 발을 들여놓기도 전부터 지인들로부터 카르타헤나에 꼭 가보라는 얘기를 들었다. 볼리비아에서 만났던 후아니토 신부는 자신이 사제 수업을 받았던 카르타헤나에 대해서 말할라치면 "무이 에르모사!"라는 감탄사를 터트렸다. 스페인어로 '굉장히 아름답다'는 표현인데, 어찌나 자주 그 말을 연발하던지 마치 후아니토 신부가 사제서품 받느라 헤어졌던 여인의 이름처럼 느껴질 정도였다.

세인들의 뇌리에서 잊혀가던 카르타헤나가 남아메리카 바깥 사람들의 눈에 들어온 건 21세기 들어서다. 먼저 영화 촬영지로 서서히 알려지기 시작했다. 마이크 뉴얼이 영화화한 〈콜레라 시대의 사랑〉(2007), 소피 마르소와 크리스토퍼 램버트 주연의 〈카르타헤나〉(2009), 그리고 〈제미니 맨〉(2019)에서 윌 스미스가 자신의 DNA로 복제한 킬러와 처음 만나서 겨루는 장면도 카르타헤나에서 촬영되었다.

사실 한국인에게 콜롬비아의 관광도시는 익숙하지 않다. 1901년 콜롬비아 보수주의자와 자유주의자 사이에서 벌어진 '천일 전쟁'을 시작으로 20세기 내내 콜롬비아 관련 뉴스에선 반군, 내전, 강도, 마약이란 단어가 빠지지 않았기에 방문조차 꺼려지는 게 사실이었다. 나 역시 20세기 말 유럽에서 만난 콜롬비아 친구로부터 이런 경고를 들었을 정도니까.

"남아메리카에 여행을 가더라도 콜롬비아엔 가지 마. 피부색이 다

른 너는 척 봐도 관광객이고, 관광객은 보고타에 도착한 첫날 다 털려. 재밌는 얘길 해줄까? 콜롬비아의 마피아들은 협박할 때도 문학적 수사를 사용하지. 내 아버지 가게를 넘기라고 할 때도 이렇게 말했지. 오늘 나의 제안을 받아들이지 않으면, 내일 네 아내는 미망인으로 불리게 될 거야."

콜롬비아 내전이 막을 내린 건 불과 몇 년이 지나지 않았다. 남아메리카 출신의 프란치스코 교황이 막후 역할을 한 끝에 콜롬비아 대통령과 반군 사령관이 평화협정에 서명했던 게 2016년, 그때의 만남 장소도 카르타헤나였다.

카르타헤나는 콜롬비아 출신으로 노벨문학상을 수상한 가브리엘 가르시아 마르케스가 청춘을 보낸 도시이기도 하다. 카리브해에서 머잖은 아라카타카에서 유년시절을 보냈던 그는 보고타에서 잠깐 대학을 다녔지만, 그 도시를 좋아하진 않았다. 아열대 기후에서 자란 그에게 안데스산맥 기슭의 높고 선선한 보고타는 춥고 칙칙하기만 한 도시였다. 암살, 시위, 폭동이 이어지자 그는 카르타헤나의 대학으로 편입했고, 20대의 많은 날들을 카리브해와 접한 카르타헤나와 바랑키야를 오가며 보냈다. 그의 대표작으로 꼽히는 〈콜레라 시대의 사랑〉도 이 도시들이 배경이다.

내가 좋아하는 마르케스의 소설 〈백 년 동안의 고독〉이 '마콘도'라는 가상의 마을에서 전개되는 것처럼, 〈콜레라 시대의 사랑〉은 카르타헤나와 바랑키야를 뒤섞어놓은 가상의 도시에서 펼쳐지는 이야기다. 주인공 플로렌티노는 첫눈에 반한 페르미나가 다른 남자와 결혼식을 올리자 '끝났구나!' 하고 포기하는 대신, 그녀의 남편이 죽기를 51년을 기다린 끝에 다시 사랑 고백을 한다.

말년의 마르케스는 〈이야기하기 위해 살다〉라는 자서전을 냈는데, 흥미로운 대목이 있다. 전신 기사로 일했던 그의 아버지가 카르타헤나에서 연애편지와 서류를 대필해주는 대서인으로 일한 적이 있었다는 것! 〈콜레라 시대의 사랑〉의 주인공 플로렌티노와 겹치는 부분이다. 플로렌티노도 젊은 시절 전신 기사로, 연애편지 대서인으로 일했으니까. 여주인공 페르미나의 아버지는 가난한 전신 기사란 이유로 딸이 플로렌티노와 사귀는 것을 원치 않았고, 딸을 촉망받는 의사와 결혼시켰다. 사윗감으로 자신의 아버지를 탐탁잖게 여겼다던 마르케스의 외할아버지와 겹쳤다. 〈콜레라 시대의 사랑〉은 어머니가 다른 남자와 먼저 결혼했더라면, 하는 가정에서 출발한 이야기인지도 모르겠다.

수백 년 역사가 겹겹이 쌓인 도시에 관해 한마디로 이야기하는 건 쉽지 않다. 더구나 음악, 소설, 영화 등 문화적으로 얽힌 이야기가 풍부한 도시라면 더더욱. 그래서 어떤 도시는 관광명소들보다 그 도시에 얽힌 인물과 그에 얽힌 이야기가 더 흥미롭다. 콜롬비아의 카르타헤나가 그런 곳이다. 나의 최애 작가, 마르케스에게 카르타헤나는 '고독과 바다가 끝없이 펼쳐져' 있는 공간이자 '도착했다는 것만으로 무한한 감동'을 안겨준 장소였다. 하여 카르타헤나는 〈콜레라 시대의 사랑〉, 〈족장의 가을〉, 〈사랑과 다른 악마들〉 등 훗날 그가 쓰게

될 수많은 작품에 영감을 불어넣는 뮤즈가 되었다.

카르타헤나에 가면 해적의 침입을 막기 위해 세운 성벽, 스페인 식민지풍의 건물, 아름다운 교회, 시계탑 광장으로 이어지는 올드타운을 지나게 될 것이다. 원색 페인트로 칠한 건물들, 집과 집을 잇는 초록의 덩굴, 말들의 경쾌한 발굽 소리, 성당의 종소리에 둘러싸인. 21세기의 카르타헤나를 콜롬비아에서 가장 각광 받는 관광도시로 만든 건, 세인들에게 까마득히 잊혔던 '고독의 시간'이었다.

중남미 전설에 따르면 세계는 원래 까만색과 흰색밖에 없는 흑백이었다. 그러다 신이 바라보기에 너무 지루해서 여러 사물들로부터 빛을 뽑아내 다시 색을 칠했다고 한다. 그중 '소년들의 웃음'에서 추출한 색깔이 노란색이었다. 카르타헤나에서 가장 자주 볼 수 있는 색이다. 노랗게 칠한 건물과 노랗게 담벼락이 연이은 골목들. 그래서 마르케스의 소설에선 노란 나비가 그토록 자주 날아다녔던 걸까?

해안 성벽 위에 걸터앉아 카리브해로 저무는 노란 일몰을 보고 숙소로 돌아가는 밤길. 한때 마르케스가 살았던 집 앞 골목을 나 홀로 지나는데, 호텔 담벼락에 씌어 있는 문장이 나그네의 심금을 온통 뒤흔들어 놓는다.

인생에서 텅 빈 침대보다 더 슬픈 곳은 결코 없다.

- 마르케스의 〈예고된 죽음의 연대기〉 중에서

텅 빈 침대가 슬프기는, 세상의 모든 호텔 주인에게도 마찬가지리라.

"Ningún lugar
en la vida es más
triste que una cama vácia"
(Gabriel García Márquez)
makondo
Hotel Boutique + Rooftop
MK

사막을 여행하는 히치하이커를 위한 안내서 1

페루 이카

'고대' 잉카문명이라고 일컫지만 수메르 문명처럼 수천 년을 거슬러 올라가야 닿을 수 있는 오래된 문명은 아니다. '잉카'는 고려 중엽인 13세기에 시작해서 조선 초기에 해당하는 16세기에 스페인에 의해 멸망했다. 잉카인들은 마추픽추를 비롯해 삭사이와만 등 셀 수 없을 정도로 많은 거석 건축물들을 남겼다. 이 모든 게 겨우 300년 만에 가능했을까?

남아메리카 출신 고고학자 중엔 '우리가 잉카의 거석 건축물로 여기는 것들은 실상 잉카보다 이른 문명에서 먼저 건설된 것으로, 잉카인은 그 위에 집을 짓고 산 것에 불과하다'라고 말하는 이들이 있다. 실제 페루 해안과 계곡을 따라 여러 고대 문명들이 탄생하고 소멸했다. 천 년 전의 모체(Moche) 문명, 2천 년 전의 와리(Wari) 문명, 3천 년 전으로 거슬러 올라가는 파라카스(Paracas) 문명까지. 파라카스

해안에선 고대 미라가 발견되기도 했다. 두개골을 연 흔적이 남아 있었다. 죽은 후 두개골을 연 것이 아니라, 두개골을 여닫은 수술 자국이 아문 후, 환자가 살아 있었다는 게 밝혀졌다. 왜 두개골을 열었는지는 여전히 수수께끼다.

침대에 누워 책을 읽다가 우당탕 소리에 정신이 번쩍 들었다.

내가 묵던 호스텔의 천장이 내려앉았다. 떨어진 벽돌이 침대를 덮쳤다. 휴우, 이층 침대의 아래 칸에 누워 있길 망정이지! 호스텔 주인이 신축 중이던 옆 건물 벽이 돌풍에 무너지면서 벌어진 일이라며 방을 옮겨주었다. 대체 무슨 일이 벌어지고 있는 거지? 호스텔 옥상으로 올라갔다. 태평양에 인접한 파라카스의 해안선은 바람에 휩싸여 있었다. 동쪽으로 펼쳐진 사막 위쪽 하늘은 샛노랬다. 마치 모래색의 거대하고 얇은 스카프가 펄럭이는 것 같았다. 곁에서 함께 걱정스레 풍경을 바라보던 숙소 직원이 말했다.

"내일 오후엔 저 모래폭풍이 파라카스를 덮칠 거야."

내가 파라카스로 온 이유는 페루의 갈라파고스로 불리는 바예스타 섬으로 가기 위해서였다. 그러나 풍랑 때문에 뱃길이 끊어졌다고 했다. 목적지를 잃었으니 길을 수정할 수밖에 없었다. 언제 뱃길이 다시 열릴지 알 수 없다는데, 앞으로 어떡하지? 페루 내륙으로 방향을 돌려 이카 사막과 나스카 지상화를 보러 가자!

다음날 늦은 오후 모래사막 가운데 도시, 이카에 도착했다. 근교에 휴양지로 유명한 오아시스 마을이 있었다. 버스터미널 앞에서 택시를 잡았다. "우아카치나로 갑시다!" 15분 정도 달렸을까? 커다란 모래언덕을 넘자 호수가 모습을 드러냈다. 사구들 사이로 숨겨진(우아카치나는 케추아어로 '숨겨진'이란 뜻) 오아시스였다. 콘크리트로 지은 호텔, 카페, 레스토랑들이 호수를 둘러싼 풍경이 아니라면, 어릴 적부터 내가 상상했던 오아시스(모래사막 가운데 야자수가 숲을 이루고 호수가 있는 곳)의 모습 그대로였다. 호스텔을 잡고 마당으로 나왔다. 앞으론 호수, 뒤쪽으론 모래언덕이었다.

나는 뒷문을 통해 숙소를 빠져나와 모래언덕을 오르기 시작했다. 호수 건너편에선 관광객이 샌드보드를 타거나 버기카(모래땅이나 고르지 못한 곳에서 달릴 수 있게 만든 차)를 타며 액티비티를 즐기고 있었다. 나는 사구 정상에 올라 파라카스로 향하는 모래폭풍의 꽁무니를 바라보았다. 사막이 끝나는 서쪽에 태평양이 펼쳐져 있겠지만 바다가 보이진 않았다. 그때였다. "와!" 선글라스와 두건으로 얼굴을 모두 가린 사내가 감탄사를 내지르곤 곁에 털썩 주저앉았다.

"저기 노랗게 물든 하늘은 모래폭풍 때문이야, 곧 파라카스 쪽을 덮치겠군."

"나도 알아. 어제까지 저곳에 있었거든."

"잘 빠져나왔구나. 사막은 에너지로 가득해."

"만물은 에너지를 갖고 있지, 동양에선 '기'라고 해."

"난 페루의 아마존에서 왔어. 이름은 엘톤."

"난 한국에서 온 로. 너는 휴가 중이니?"

"밤의 사막에서 의식을 치르기 위해서 여기 왔어."

"달빛 아래서 춤추는 댄스파티 같은 거?"

"아니. 보름달이 뜨면 우린 정령에게 기도하고 산페드로를 마실 거야."

"선인장으로 만든 약 말이니?"

"너, 산페드로가 뭔지 아는구나!"

알다마다. 나는 산페드로 선인장의 생김새부터 약의 조제법까지 알고 있었다. 사연은 이렇다. 잉카의 옛 수도 쿠스코에서 마추픽추로

이어지는 '성스러운 계곡'. 원주민 마을에서 묵으며 마추픽추로 가던 여정이었다. 하루는 브라질 출신으로 아프리카 악기를 만드는 사내의 집에서 묵었는데 뒷마당에 솥을 놓고 불을 지피는 커플이 있었다.

"안녕, 무슨 요리를 하니?"

"산페드로를 달이는 거야. 아마존 정글에선 아야와스카, 안데스 산에선 산페드로로 약을 지어."

"어디에 쓰는 약인데? 두통? 신경통? 독감?"

"몸이 아니라 정신을 위한 약이야. 환각을 일으키지만 쾌락을 위한 게 아냐. 영혼이 길을 잃을 때만 마셔. 묻고 싶은 질문에 집중하고 약을 마시면 수호신이 나타나 길을 알려주지."

"나도 마실 수 있니?"

"마시려면 사흘 정도 미리 단식해야 해. 그렇지 않으면 먹자마자 다 토하거든. 우린 내일 새벽 잉카 사원에서 약을 마실 거야. 영적 에너지로 가득한 곳이거든."

마당 곳곳에 산페드로 선인장이 자라고 있었다. 그 생김새를 알게 된 후 안데스 시장에서도 산페드로를 발견할 수 있었다. 원주민 사이에선 3,000년에 걸쳐 전해온 영약으로 '성 베드로'(San Pedro)란 별명이 붙은 건 예수가 베드로에게 했던 말씀 때문이다.

"천국의 열쇠를 네게 주리라."

산페드로 선인장이 일으키는 환각의 정체가 밝혀진 건 20세기 이후다. 안데스에서 자라는 선인장에 함유된 메스칼린 성분 때문이었다. 나는 그날 산페드로 조제법을 보고 익히며 적어뒀지만 막상 사용할 기회는 생기지 않았다. 아직 내 영혼이 길을 잃는 일은 없었기에. 그러나 약을 마시면 무엇을 보게 될지 궁금했던 건 사실이다.

"엘톤, 오늘밤 사막의 의식에 내가 참여해도 되니?"

"내 여자친구에게 먼저 물어볼게. 그녀는 샤먼(Shaman)이야. 그녀가 오늘 밤의 의식을 주관할 거야. 저녁 8시 광장 앞 서점으로 와. 함께 참여할 다른 형제들도 그 시간에 모일 테니까."

사막의 해가 다 저물었다. 남아 있는 박명이 사라지면 금세 캄캄해질 것이다. 모래언덕에서 엘톤과 헤어졌다. 그는 사막의 능선을 따라 사라졌고, 나는 숙소로 구르듯 내려왔다. 저녁식사를 하는 동안 숙소 직원이 우아카치나 호수에 얽힌 전설을 들려주었다.

"옛날에 공주가 거울을 보다가 등 뒤에서 자신을 해치려는 자를 발견했어. 공주는 거울 속으로 도망쳤고, 그 거울이 이 호수로 변했지. 그 후 공주는 매년 남자 한 명을 물 밑으로 끌어들여." 우아카치나 호수 표면 온도는 따뜻하지만, 바닥으론 차가운 지하수가 흐르기 때문에 다리에 쥐가 나는 일이 잦고 익사 사고가 종종 벌어지기에 생긴 전설과 풍문이었다.

30분 일찍 서점 앞으로 갔다. 아직 엘톤이 나타나진 않았지만, 사막으로 함께 갈 친구들은 금방 알아볼 수 있었다. 그들은 오아시스에 놀러온 여느 관광객과 판이하게 달랐으니까. 넝마 같은 차림에 스케이트보드를 타는 친구, 저글링을 하는 여자, 북을 두드리는 사내, 그리고 깊은 생각에 잠긴 안경잡이. 안경 낀 사내에게 물었다.

"너도 엘톤을 기다리니?"
"아, 네가 한국에서 온 로구나. 엘톤도 곧 도착할 거야. 난 페르난도, 칠레에서 왔어. 여기 온 지는 2년쯤 됐지."

"2년째 머물고 있다고?"

"응, 난 소설가야. 이카의 돌에 관한 소설을 쓰는 중이지."

"이카의 돌?"

"이카에선 아주 유명한 얘기야. 오래전 이카의 외과의사 카브레라가 한 농부를 치료해줬어. 농부는 답례로 사막에서 주운 돌을 선물했지. 카브레라는 돌에 새겨져 있는 문양이 실존했던 익룡 화석과 일치한다는 것을 알게 되었어. 농부로부터 돌을 사들이기 시작했지. 독특한 문양이 새겨진 돌들은 크기가 손톱만 한 것부터 수백 킬로그램에 이르기까지 1만 2,000개에 달했어. 그는 공룡시대와 공존했던 고대문명이 존재했다는 결론에 도달했지. 돌에는 당시의 식물, 공룡의 성장 과정, 대륙이동 이전의 지도까지 그려져 있었으니까."

"그냥 농부가 새겨서 의사에게 판 거 아니니?"

"페루 정부에서도 '농부가 돌에 그림을 새기고 닭장에 뒀다가 의사에게 팔았다'고 발표했어. 그러나 유물을 사적으로 취하면 중벌에 처하니까 그 농부는 거짓말을 하고 형량이 적은 사기죄를 선택한 거야. 단단한 안산암에 1만 개 넘는 그림을 새기는 건 농부의 가족을 다 동원해도 불가능해. 더구나 그림들은 지구과학, 동물학, 해부학 지식이 없으면 그릴 수 없는 내용들이었어. 카브레라는 개인적으로 지질학자들에게 돌의 분석을 의뢰했지. 돌의 생성연대는 2억 2,000만년 전, 그림을 새긴 건 최소 1만 2,000년 전이었어. 호모사피엔스가 베링해협을 건너 알래스카에 첫발을 내디뎠을 때가 대략 1만 년

전인데, 남아메리카에선 이미 고대문명이 한차례 지나간 후라는 거지. 인간은 늘 당대 과학의 정점에 있으므로 자신이 배운 게 옳다고 여기지. 호모사피엔스가 출현한 건 몇 만 년이나 지났지만, '지구가 둥글다'는 사실이 밝혀진 건 고작 500년밖에 되지 않아!"

나는 오아시스를 찾아 사막 마을로 들어섰다가 졸지에 '이상한 나라의 앨리스'가 된 것만 같았다. 엘톤이 광장 앞에 나타났다. 무녀(巫女)라던 여자친구가 그의 옆에 서 있었다. 강렬한 눈빛만으로도 그녀가 파울로 코엘료의 〈브리다〉 주인공처럼 '보이는 세계와 보이지 않는 세계를 잇는 다리' 위에 서 있는 존재란 걸 알 수 있었다. 그녀의 눈동자가 내 눈동자를, 아니 내 수정체의 뒷편을 들여다보았다. 마치 시티(CT) 영상 촬영기가 영혼을 훑고 지나가는 듯한 느낌이었다. 그녀가 엘톤에게 얼굴을 돌리더니 살며시 고개를 끄덕였다.

사막의 의식에 동행해도 좋다는 승낙이었다.

사막을 여행하는 히치하이커를 위한 안내서 2

페루 나스카

"이제 다 모였으니, 사막으로 가자!"

엘톤이 말했다. 샤먼인 그의 여친이 앞장을 서고 칠레 출신의 소설가, 히피 커플, 스케이트보드를 타는 청년, 그리고 내가 뒤를 따랐다. 오아시스를 둘러싼 호스텔, 술집, 식당의 불빛을 벗어나자 관광객은 더 이상 보이지 않았다. 밤의 사막은 낮의 풍경과 전혀 다른 세계였다. 은색의 달빛 아래 선명하게 드러난 사막의 굴곡은 대지의 여신이 누워 있는 것처럼 보였다.

반 시간가량 모래사막을 걸어 목적지에 닿았다. 모래사막 가운데 사발 그릇처럼 옴폭 팬 장소라 어디서도 우리를 볼 수 없을 듯했다. 엘톤의 여친이 메고 온 가방에서 나무토막들을 꺼내 불을 붙이고 모래 위에 꽂았다. 보랏빛 불이 지글지글 소리를 내며 타올랐다. 피어

오른 연기에선 독특한 향이 났다. 엘톤이 가방에서 커다란 병 하나를 꺼내 불타는 향나무 옆에 내려놓았다. '저 안에 선인장을 달인 약이 들어 있겠구나!'

한밤의 사막, 몽환적인 향, 신비로운 분위기 때문일까? 아직 산페드로를 마신 것도 아닌데 시각, 청각, 후각이 뒤섞여 소리가 눈으로, 시각이 냄새로 느껴지는 세계로 빨려드는 기분이었다. 우리는 둥그렇게 둘러앉았고 엘톤 곁에 앉은 그의 여친, 무녀가 알 수 없는 주문을 외우기 시작했다.

정적.

'정적'으로 전할 수밖에 없는 이야기가 있다. 이카의 돌을 발견한 카브레라 박사가 그랬던 것처럼. 그의 주장대로라면 이카의 돌은 호모사피엔스가 베링해협을 넘기 전 아메리카에 이미 고대문명이 있었으며 그런 문명이 수차례 발생하고 소멸했다는 증거였다. 그러나 박사의 주장을 세인들은 믿지 않았고, 오히려 그를 '재물에 눈먼 농부에게 당한 멍청한 박사'라고 놀렸다. 그는 결국 입을 닫았고 이카의 돌을 발견한 동굴도 메워버렸다. 황당하게 들릴 경험담을 세세히 늘어놓는 것보다는 때론 입을 꽉 다무는 게 낫다.

동이 틀 무렵에야 나는 숙소로 돌아왔다. 우와카치나를 떠나기 직전, 다시 그 자리를 찾아갔다. 산페드로 의식을 치른 흔적은 어디에도 남아 있지 않았다. 마치 간밤에 아무도 다녀가지 않은 것처럼. 사막에서 발자취를 지우면 아무 일도 없었던 것처럼 변해버린다. 사막은 모래로 된 폭설이 쏟아지는 장소 같다. 내리는 눈발의 이름은, 시간이다.

이카와 나스카 가운데 즈음 지상화를 볼 수 있는 전망대가 있다고 했다. 나는 버스를 타고 나스카로 가던 도중 전망대 즈음에서 내렸다. 함께 내린 사람은 아무도 없었다. 이글이글 열기로 가득한 사막 저편에 전망대만이 우두커니 서 있었다. 고속도로를 벗어나 뙤약볕 사잇길을 10분가량 걸은 뒤 전망대 아래 도착했다.

관람객 한 명 보이지 않았다. 단체관광객을 태운 버스가 오가지 않는 시간의 나스카 전망대는 텅 빈 사막에 찍힌 한 점에 불과했다. 전망대 꼭대기에서 둘러보니 500미터가량 떨어진 언덕 경사면에 사람 형상을 한 거대한 지상화들이 그려져 있었다. '파라카스 가족'으로 알려져 있지만 두 발로 서 있다는 특징을 제외하면 신체 비율도, 머리 형태도 보통의 인간과는 거리가 멀었다. 누가 저런 그림들을 그린 것일까?

유네스코 문화유산이자 세계 7대 불가사의 중 하나로 꼽히는 나스카 지상화는 수백 미터에 이르는 그림부터 1킬로미터가 넘는 선들까지 다양하다. 2019년께 새로이 발견된 143개의 그림을 포함, 서울 면적의 절반에 달하는 땅 위에 300개가 넘는 그림과 선들이 그려져 있다. 20세기 초 인류는 나스카 지상화의 미스터리를 풀기 위해 나스카 지상화를 연구했고, 여러 가설을 내놓았다.

언제, 어디서, 누가, 무엇을, 어떻게, 왜 지상화를 그렸는가?

이 질문들 중 풀린 건 '언제, 어디서, 누가, 무엇을, 어떻게'까지다. 지금으로부터 2,500년~1,500년 전 파라카스와 나스카 문명을 일으켰던 사람들이 짙은 색을 띠는 겉흙을 걷어내 옅은 색을 띠는 속흙이 드러나도록 해서 그림을 그렸다는 게 지금까지 밝혀진 바다. 그러나 여전히 '왜?'라는 질문에 대한 답은 미스터리로 남아 있다.

나스카 지상화를 연구하는 데 일생을 쏟은 마리아 라이헤 박사는 나스카 지상화가 별자리를 그린 천문도라고 여겼다. 그러나 그의 가설은 정설로 받아들여지진 않았다. 별자리와 무관한 그림이 너무 많았기 때문이다. 박사의 주장 외에도 숱한 가설이 난무했다. 토지소유권 표시라는 주장부터 외계인이 타고 온 우주선의 착륙장이라는 설까지. 그런 가설들에 나의 가설을 하나 보태볼까? 나스카 지상화는 인류가 외계인을 향해 쓴 '그림 편지'다.

불가사의한 일 앞에서 인간은 가장 단순한 사실을 망각하곤 한다. 라스코 동굴벽화, 알타미라 동굴벽화 등 인류는 그동안 수많은 선사시대 그림을 발견했고, 현재도 그림을 그린다. 최초의 그림부터 지금까지의 모든 그림엔 하나의 공통점이 있다. '그림을 보는 자'가 있어야 한다는 사실이다. 나스카 지상화의 캔버스는 사막 평원이고, 펠리컨을 그린 그림의 경우 길이 285미터로 1킬로미터 이상 상공에서 내려다보지 않으면 형체조차 알아보기 어렵다. 실제 인류가 나스카 지상화를 제대로 파악하게 된 시기는 비행기를 발명한 이후부터였다. 즉 나스카 지상화를 '보는 이'는 상공에 있어야 한다.

UFO를 직접 목격했다는 러시아인 청년 이고르는 형과 함께 떠난 알타이 여행에서의 기묘한 경험으로 미지의 세계에 눈을 떴다. 낯선 곳을 탐험하기를 즐기던 형제는 사람의 흔적을 찾아볼 길 없는 알타이의 외딴 산을 오르내리고 있었다. 전망 좋은 절벽 앞에 형제가 나란히 섰다. 그리고 주변 경관을 둘러보려던 찰나, 불쑥 눈앞에 비행물체가 나타났다. 비행궤적을 그리며 날아온 게 아니었다. 날개도 없었고, 그저 원통형의 파이프 형태인데 둥근 창이 몇 개 있었다. 비행

물체는 점프하듯 다른 지점으로 순간이동을 하더니 자취를 감췄다. 정신을 차린 이고르가 처음 본 건, 멍한 눈으로 입을 벌리고 있는 형의 얼굴이었다고 한다. 이고르가 내게 지어낸 이야기를 할 이유는 전혀 없었다. 내게서 얻을 게 아무것도 없었으니까.

현존 최고의 SF작가로 꼽히는 테드 창의 소설 〈당신 인생의 이야기〉를 원작으로 한 영화가 있다. 〈컨택트〉(원제 Arrival). 지구 상공에 외계로부터 온 우주선이 출현하고, 낯선 생명체와 의사소통하려는 미 공군이 언어학 박사 루이스를 찾으면서 영화가 시작된다. 닐 블

롬캠프 감독의 〈디스트릭트 9〉에선 요하네스버그 상공에 초대형 우주선이 불시착(?)한다. 외계로부터 온 우주선이 3개월간 미동도 하지 않자 정부는 강제진입 결정을 내리고, 특수부대원들이 헬리콥터를 타고 외계 우주선에 접근하면서 이야기가 시작된다.

나스카 사막을 비롯해 인적 없는 땅이 도처에 널린 남아메리카에선 진작부터 UFO 목격자가 유난히 많았다. 가령 2,000~3,000년 전, 영화나 소설에서처럼 나스카 상공에 불시착한 UFO가 있었다면, 공중을 날 수 없었던 인류는 외계 생명체와 '그림 편지'로 의사소통을 시도할 수밖에 없었을 것이다. 외계인과 그림 편지라니, 황당하게 들리는가? 1972년 인류가 지구 밖으로 내보낸 파이어니어 10호에도 외계 생명체에게 띄우는 '그림 편지'가 들어 있다. 외계의 지적생명체가 해독하길 바라며 칼 세이건이 구상하고, 린다 세이건이 금속판에 새긴 그림 편지를 문자로 풀면 다음과 같다.

"안녕. 우리는 남녀로 나뉘고, 두 팔과 두 다리가 있고, 키는 대략 170센티미터 정도야. 우리는 은하계 중심에서 2만 6,000광년 떨어진 태양계의 세 번째 행성에서 살아. 답장을 부탁해. 지구에서 인간이."

20세기 인류가 현대과학을 기반으로 지구의 위치, 인간의 형상, 평균 키 등을 유추할 수 있는 그림을 외계로 띄워 보낸 것처럼, 나스카 지상화는 당시 지구 상공에 불시착 혹은 공중에 떠 있었던 우주선과 소통하려던 나스카인의 그림 편지가 아니었을까? 나스카 지상화(파라카스 가족, 벌새, 콘도르, 고래, 원숭이, 도마뱀, 개, 거미, 망고나무 등)를 해독하면 파이어니어 10호에 실린 편지와 의미가 별반 다르지 않을 것이다.

"안녕. 나는 두 발과 두 다리가 있고, 이렇게 생겼어. 하늘에 떠 있는 너는 새니? 제자리에서 날 수 있는 건 벌새고, 가장 큰 새는 콘도르인데 넌 대체 어떤 새니? 고래가 사는 바다에서 왔니? 원숭이가 사는 밀림에서 왔니? 망고나무에서 나는 열매는 맛있어. 어떤 맛인지 궁금하면 내려와."

사막 가운데 전망대를 내려와 고속도로로 걸어 나왔다. 이제 도시까지 어떻게 가지? 이카에서 100킬로미터, 나스카에서 40킬로미터가량 떨어진 지점이었다. 산티아고 순례객처럼 걷기로 작정하면 못 걸을 것도 없지만 모든 생명의 수분을 바싹 말려버리는 사막에서 도보여행은 자살과 다를 바 없는 행위였다. 지평선 너머에서 차량이 솟아오르길 기다리는 수밖에 다른 도리가 없었다. 뙤약볕 아래서 한참을 기다렸다. 아스라한 사막 저 끝에서 움직이는 물체 하나가 드디어 모습을 드러냈다. 파이어니어 10호에 그려진 그림 편지처럼, 나는 사막 가운데 서서 미지의 상대방이 나의 메시지("태워줄래?")를 알아봐 주길 바라며 '하나의 상징기호'를 허공 중에 힘껏 그렸다.

주먹 불끈 쥔 손을 길 위로 내민 후, 엄지척!

El Calafate

길이 존재하는 한 영원한 이별은 없기에

남아메리카의 노매드랜드

"유랑생활을 하면서 가장 좋은 건, 영원한 이별이 없다는 거야. 길 위에서 많은 이들을 만나지만 나는 작별 인사를 안 해. '언젠가 다시 보자!'고 하지. 그리곤 다시 만나. 한 달 뒤든, 일 년 뒤든, 더 훗날이라도 반드시 만나."

영화 〈노매드랜드〉의 등장인물이자, 실제 차박여행자를 위한 웹사이트 운영자 밥 웰스가 남편을 여읜 주인공을 위로하며 했던 말이다. '언젠가 다시 보자!'로 번역된 말의 원어는,

"씨 유 다운 더 로드(See you down the road)!"

영화 〈노매드랜드〉는 제시카 브루더의 논픽션 〈노마드랜드〉를 영화화한 작품이다. 미국인 중 약 800만 명이 일자리를 잃고, 600만 명

이 집을 잃었던 서브프라임 모기지 사태 이후, 차박하며 미국을 떠도는 유랑 노동자들이 생겨났다. 일과 캠핑을 겸한다고 해서 워캠퍼(Workamper)라고도 불렀다. 논픽션 작가인 제시카는 3년간 이들을 뒤따르면서 '유랑인의 땅'이 된 미국의 이면을 다룬 책을 펴냈다.

감독 클로이 자오가 만들어낸 가상의 주인공 '펀'과 '데이브'를 제외하면, 영화 〈노매드랜드〉에 등장하는 유랑 노동자들은 자신을 그대로 연기하고, 하여 펀이 경험하는 세계는 제시카의 책 〈노마드랜드〉에서 보여준 모습 그대로다. 아마존 물류센터, 국유림 캠프장, 놀이공원 식당, 사탕무 농장에서 일하며 북아메리카 대륙을 떠도는 삶. 펀은 애리조나 사막에서 열린 모임 '타이어 떠돌이들의 랑데부'를 찾았다가 그곳에서 만난 이들을 다시, 또다시 만나게 된다. 나 역시 남아메리카를 3년에 걸쳐 떠도는 동안 길 위의 친구들과 만나고 헤어지고, 만나기를 반복했다. 남한 면적의 178배에 달하는 남아메리카 대륙, 그 드넓은 땅에서 헤어졌던 친구를 우연히 다시 만날 때면 너무나 경이로웠다.

1970년대 미국 히피들 사이에서 자생하여 전 세계로 퍼진 '레인보우 패밀리 Rainbow Family' 모임이 21세기 남아메리카 안데스산맥에서 개최되었다. 인구 3,000명에 불과한 볼리비아의 소읍으로 각국의 히피가 모여들었다. 나도 그곳으로 갔다. 미국 애리조나 사막에서 밴 생활자가 체류할 수 있는 최대 기간은 15일이지만, 남아메리카 국유림에서 열리는 히피 모임엔 아무도 신경 쓰지 않았기에 '레인보우 패밀리' 모임은 한 달(초승달이 뜰 때부터 그믐달이 질 때까지) 동안 지속되었다. 참석자들은 갓 집을 나온 청년부터 뼛속까지 방랑에 물든 여행자까지 다양했다.

젊은 히피들은 그곳에서 만난 베테랑 히피로부터 길에서 생존하기 위한 다양한 기술을 익혔다. 악기 연주법, 수공예품 만드는 법, 저글링 같은 기예를 부리는 법 등. 보름달이 뜨자 커다란 모닥불이 타올랐고, 그날을 정점으로 하나, 둘 제 갈 길을 찾아 흩어졌다. 그믐달이 질 때까지 남은 무리 중엔 프랑스 출신의 히피 노엘과 그 친구들이 있었다. 주렁주렁 악기를 매달고 다니는 그들은 버스킹을 하며 남아메리카를 계속 여행할 작정이라고 했다. 힘껏 작별의 포옹을 나눈 후, 나는 노엘에게 물었다. "이제 어디로 갈 거니?" 그가 대답했다. "페루!"

내가 마추픽추로 가기 위해 '세계의 배꼽'으로 불렸던 쿠스코에 닿은 건 그로부터 석 달이 지난 후다. 잉카의 옛 수도였던 '쿠스코'는 남아메리카 여행자들이 반드시 거치는 도시로, 동남아시아로 치자면 태국의 '카오산 로드' 같은 곳이다. 쿠스코에 닿기 직전 콜롬비아 출신의 방랑자를 만났다. 게스트하우스 마당에서 술잔을 나누던 중 내가 쿠스코로 가는 중이라고 말하자, 그는 아우키하우스를 찾아가 보라고 권했다.

"쿠스코에서 가장 싼 숙소이자 히피들의 안식처지!"

나는 베테랑 방랑자의 안내를 따라 쿠스코에서 아우키하우스를

찾아갔고, 12인용 도미토리룸의 침대가 정해지자마자 곯아떨어졌다. 그리고 다음 날, 공동부엌에서 석 달 전에 헤어졌던 노엘 무리를 다시 만나게 되었다! 다른 나라, 다른 도시에서 다시 마주친 우리는 반가움에 서로를 부둥켜안았다.

그곳에서 참으로 다양한 방랑자들을 만났다. 일하고 여행하며 지구 세 바퀴를 돌고 다시 쿠스코를 찾은 브라질 히피 카를라를 비롯해 스페인을 거쳐 남아메리카까지 흘러온 프랑스 히피 알렉산더도 있었다. 나와 동갑내기 알렉산더는 산페드로 시장 근처에서 기타 치고 노래하며 여행경비를 벌었고, 나는 곁에 앉아서 손뼉으로 박자를 넣곤 했다. 함께 밥 먹고, 술 마시고, 노래하던 날이 지나고, 알렉산더는 페루 사막에 조성 중인 비파사나 명상 공동체로, 나는 페루 제2의 도시 아레키파로 떠났다.

한 달 후 나는 페루 '성스러운 계곡'의 출발점인 피사크로 갔다. 마리화나, 매직 머쉬룸, 산페드로 선인장 등 환각 성분을 가진 식물들이 벽화로 그려진 호스텔을 잡고 근교 잉카 유적을 찾아 나섰다. 산기슭을 따라 흩어진 유적을 다 둘러보고 숙소로 돌아왔다. 강변과 접한 호스텔 뒷마당으로 갔더니 고양이 한 마리가 소파에 누워서 잠든 방랑자의 발가락을 핥고 있었다. 커다란 모자로 얼굴을 가리고 있었지만 나는 한눈에 그를 알아볼 수 있었다. 알렉산더라는 걸!

남아메리카에서 3년에 걸쳐 만나고 헤어지기를 반복했던 친구 중엔 히피들 말고 뜨내기 노동자도 있었다. 아르헨티나 출신의 파블로는 장단기 일자리에 종사하며 대륙을 떠돌았다. 그런 그를 처음 만났던 나라는 페루, 1년 지나 다시 만난 나라는 아르헨티나. 멘도사에서 만났던 그는 대도시에서의 삶이 자신의 기질과 너무나 맞지 않는다고, 페루의 고산지대야말로 자신이 있을 곳이라며 투덜댔다. 해발고도가 적당한 멘도사에서 오히려 기운이 더 없어 보였다. 남아메리카 대륙을 7년간 떠돌다가 고향에 들렀던 파블로는 결국 안데스산맥으로 되돌아갔다.

젊은 파블로와의 '만남'과 '재회'는 더욱 각별하다. 남아메리카 대륙을 떠돈 지 1년 6개월쯤 지났을 무렵, 나는 에콰도르 키토에서 칼든 강도들에게 갖고 있던 소지품(카메라, 외투, 신용카드, 현금)을 다 털린 후 트라우마에 시달리고 있었다. 그때 우연히 길거리 서커스로 돈을 벌며 떠도는 방랑자들을 만났다. 존, 마리, 케노, 나노, 파블로. 조선시대 남사당 같은 유랑서커스단에 나도 합류했고, 그들과 함께 남아메리카의 도시들을 떠돌았다.

급조된 '국제유랑서커스단'은 한 달쯤 지나 다시 제 갈 길을 찾아 뿔뿔이 흩어졌는데, 마지막까지 나와 함께 여행했던 친구가 스무 살의 파블로다. 그는 아르헨티나의 예술고등학교를 졸업한 후 세상을 경험하기 위해 길을 떠도는 중이었다. 자신의 전공인 바이올린 연주와 더불어 세마포로(신호등 앞에서 기예를 선보이고 운전자들로부터 푼돈을 버는 일) 등으로 여행경비를 벌었다. 우리는 콜롬비아 북부 해안도시까지 올라간 후 카리브 해변에 텐트를 치고 한 시절을 보낸 후 각자의 길을 찾아 헤어졌다. 그런 후 5개월쯤 지났을까? 그에게서 연락이 왔다. 여행을 마치고 고국인 아르헨티나로 돌아왔다고, 며칠 후면 고향인 마르아줄(Mar Azul)에 도착할 거라고. 마침 내가 머물던 마르델플라타에서 멀지 않은 곳이었다.

"로, 우리 집으로 놀러 와, 네게 진 빚도 갚아야지!"

콜롬비아에서 헤어지기 직전 버스터미널 앞에서 내가 건넨 100달러를 기억하고 있었던 모양이다. 남아메리카 북단인 콜롬비아에서 남쪽의 아르헨티나까지 가려면 머나먼 길이 남아 있었기에, 나는 파

블로에게 더 많은 여비를 챙겨주지 못한 게 늘 아쉬웠더랬다. 무사히 돌아왔다는 소식만으로도 기뻤다. 나는 대서양을 따라 해변마을을 오가는 버스를 타고 파블로를 만나러 갔다. 숲속 레스토랑에 그의 가족들이 모였는데, 그건 내가 지금껏 본 중 가장 아름다운 귀환 파티였다.

동네 밴드가 음악을 연주했고, 그의 어머니와 누이가 9개월간 남아메리카를 여행하고 무사히 돌아온 아들을 환영하며 춤을 췄다. 그가 내게 100달러를 갚으려고 했을 때, 나는 말했다. "네가 무사히 집

으로 돌아온 것만으로도 이미 너는 다 갚았어." 파블로는 그로부터 몇 달 후 세상에서 유일한 현악기를 직접 만든 후 다시 방랑의 길을 떠났다.

영화 〈노매드랜드〉의 배경이 된 '서브프라임 모기지 사태' 같은 재난이 인류를 길 위로 내몰기도 한다. 그러나 단지 재난 때문에 인류가 길을 떠나는 것은 아니다. 기후 변화, 전쟁뿐 아니라 기질 혹은 단 한 번의 인생에서 여러 겹의 삶을 경험하기 등 다양한 이유로 인류는 길을 떠난다. 인류는 근원적으로 유랑자다. 일찍이 아프리카를 벗어나 유럽으로, 아시아로, 아메리카로 이동한 인류 역사는 현재를 살아가는 모든 인류의 DNA에 각인되어 있다.

물론 인류가 세계의 끝, 파타고니아에 닿을 때까지 아프리카에 계속 머물며 살아온 인류도 있었다. 그런 사실을 떠올리면, 고대, 중세, 근대, 현대, 그 어느 시대에나 '머무는 자'와 '떠나는 자'가 동시에 존재했으며, 지금도 동시에 존재한다. 머무는 자와 떠나는 자, 두 무리를 가르는 기준은 '현재, 이곳에 적응하는 능력의 차이'일 수도 있고, '현재, 이곳보다 미래, 저곳으로 가고자 하는 기질의 차이'일 수도 있다.

2021년엔 미국의 퍼시비어런스와 중국의 톈원 1호가 화성에 착륙했다. 어쩌면 21세기가 다하기 전, 인류가 태양계 둘레길에서 유랑자들을 만나고 헤어지고, 다시 만나는 날이 올지도 모르겠다. 그런 시대의 우주 방랑자들은 헤어질 때 어떤 인사를 나눌까? 남아메리카 대륙을 떠돌며 수많은 방랑자와 만나고 헤어지기를 반복할 때도 우리는 결코 "아디오스!('굿 바이'에 해당하는 스페인어)"라고 인사하지 않았다. '길이 존재하는 한 영원한 이별이 없다'라는 것을 알기에 늘 서로의 가슴을 맞대고, 어깨를 끌어안고 이렇게 말하는 거지.

"아스타 루에고!(나중에 다시 보자)"

당신이 닿을 곳, 여행의 연금술

타이를 여행하던 중 영국인 청년을 만난 적이 있어요.

리처드는 아시아 각국에서 자원봉사와 여행을 겸하며 13개월째 여행 중이라고 했죠. 같은 버스를 탄 덕분에 동행이 된 우리는 같은 숙소에서 묵으며 그 도시를 함께 여행했고, 저녁이면 길거리 바에서 함께 술을 나눠 마시곤 했어요. 하루는 술잔을 내려놓으며 그가 내게 물었죠.

"엄청난 예산을 들였지만 보고 난 후 티켓 값이 아까운 블록버스터 영화랑 저예산이지만 보고 난 후 시간이 아깝지 않은 독립영화, 둘 중 너는 어느 영화를 보고 싶어?"

"하하하 블록버스터면서 돈과 시간도 아깝지 않은 영화!"

"그런 영화는 흔치 않아!"

"하긴 그래, 너는 어떤 영화를 보고 싶어?"

"저예산일지라도 보고 난 후 시간이 아깝지 않은 영화가 좋아. 웃기게 들리겠지만, 어렸을 땐 내 인생이 블록버스터 영화 같을 거라고 상상했어. 어른이 되면서 내 인생이 블록버스터가 될 수 없다는 것쯤은 알았지. 그러나 블록버스터 영화만 멋진 건 아니잖아? 〈어벤져스〉보다 〈슬럼독 밀리어네어〉가 더 멋질 수 있고, 〈고질라〉보단 〈그랜 토리노〉가 훨씬 더 뛰어난 건 확실해. 저예산이라도 기막힌 이야기, 독특한 캐릭터로 인해 멋들어진 영화들이 있잖아? 어쩌면 인생도 비슷한 거 같아!"

종종 그날 밤의 대화가 떠오르고 해요. 돌이켜 보면 '영화'나 '인생'뿐 아니라 '여행'도 마찬가지라는 생각이 들곤 했거든요. 그래요, 멋진 여행을 위해 반드시 부자가 될 필요는 없어요. 저예산이라도 얼마든지 멋진 길동무와 강렬한 호기심으로 멋진 여행을 할 수 있으며, 한국에서 6~12개월 정도 바짝 벌면 1년 이상 여행할 수 있는 곳이 세계 곳곳에 있으니까요. 그리고 '우연한 만남'과 '뜻밖의 행운'과 '기막힌 모험'이 어우러진 여행을 꿈꾼다면, 웃기지만 부자 되기를 잠시 뒤로 미루는 게 나을 수도 있어요.

이런 얘기가 있어요.

'세계 일주를 꿈꾸던 샐러리맨이 있었다. 그는 <죽기 전에 꼭 가봐야 할 곳>이란 책을 샀다. 히말라야에서 산악 트레킹을 하고, 나미브 사막에서 스카이다이빙을 하고, 그레이트 블루홀 속으로 잠수하는 꿈을 꾸곤 했다. 그러나 소원을 이루기엔 시간도 돈도 부족했다. 그래서 여행 적금을 넣고, 매주 로또를 샀다. 운이 좋았던 걸까? 로또 1등에 당첨되는 기적과 같은 일이 벌어졌다. 당첨금이 수백만 달러에 이르렀다. 그는 사직서를 내고 우선 네팔행 항공권을 샀다. 출국일이 하루하루 다가왔다. 마냥 설레기만 할 줄 알았다. 그게 아니었다. 설렘과 다른 감정이 뭉게뭉게 솟아올랐다. 히말라야를 오가던 버스 충돌 사고, 남아메리카 항공기 추락 사고, 아프리카 신종 바이러스 감염 등 해외토픽이 떠올랐다. 수백만 달러를 쓰지도 못하고 죽으면 어떡하지? 그 후 그는 어떻게 되었을까? 우선 중심가의 아파트를 샀다, 세계여행을 떠나는 대신. 또한 초대형 TV도 샀다. 그리고 지금 푹신한 소파에 앉아 세계 곳곳을 소개하는 다큐멘터리 프로그램을 시청 중이다. 안전하고, 안전하게.'

잃을 게 적다는 건 어쩌면 멋진 여행을 누릴 기회가 더 많다는 의미이기도 해요, 모든 청춘이 그러하듯이. 떠남은 이를수록 좋아요. 60대보단 50대, 50대보단 40대, 40대보단 30대, 30대보단 20대. 특히 젊은 여행자에게 호의를 베푸는 건 '인류의 오래된 관습'이죠. 나 역시 스물네다섯 살쯤 유라시아 횡단 길에서 밥과 술, 심지어 안방까지 내주며 재워준 이들을 만나기도 했고, 이젠 그때의 내 또래 청춘들에게 밥과 술을 사기도 해요. 환대는 길 위의 청춘이 누릴 수 있는 특권이죠. 물론 호의와 환대 외에도 한 살이라도 일찍 떠날 이유는 많죠.

10여 년 전이었어요. 직장을 다니던 선배는 경제적 여유가 생기면 히말라야 등반을 하러 갈 거라고 했죠. 은퇴 후 서울에서 벗어나 시골로 내려가 지낼 작정이라고도 했어요. 그 무렵 선배는 서울의 재개발 예정지에 집을 샀답니다. 10년이 지나자 집값이 올랐고, 곧 입주 예정이라는 아파트값은 더욱 올랐다고 하더군요. 경제적 여유가 생겼죠. 그러나 안타깝게도 히말라야 등반을 하고픈 소망은 실현되지 않았어요. 세월과 함께 그의 무릎 연골은 점점 얇아졌고, 히말라야를 향한 열정도 슬금슬금 종적을 감추었거든요. 시간은 많은 것을 집어삼키더군요. 하여 지금보다 더 젊은 시절이란 없어요, 육체든 영혼이든.

여행이란 그 자체로 신비한 '연금술'이에요. 예상대로 흘러가는 법(예상대로 흘러가지 않을수록 좋아요)은 없지만, 당신이 가야 할 자리에 데려놓으니까요. 여행에서 돌아온 이들이 '여행으로 시간을 탕진했다'라거나 '여행으로 삶이 망가졌다'고 말하는 경우는 드물었어요. 참 신비한 일이죠? 대신 '뜻밖의 발견'을 했다든가, '강렬한 영감'을 얻은 얘기는 수없이 들었어요. 가령 다윈이 비글호를 타고 세계 일주하는 대신, 살던 곳에서 가만히 지냈더라면 그를 기억할 사람은 아무도 없었을 거예요. 2천 년 전의 왕자 싯다르타가, 음악가 모차르트가, 화가 보테로가, 작가 헤밍웨이가, 20세기의 대학 중퇴생 스티브 잡스가 여행을 떠나지 않았더라면…. 아마도 인류 유산 중 상당 부분은 '여행하지 않았기에 인류가 얻지 못한 것들의 박물관' 수장고에 묻히고 말았을 거예요. (어쩌면 그곳에 당신이 닿을 영감, 노래, 그림, 생각이 잠자고 있는지도 몰라요.)

물론 여행에서 돌아오더라도 뜻밖의 발견도 못 하고, 대단한 인물이 되지 못할 수도 있어요. 소설 〈파랑새〉의 결말처럼 "그토록 찾아 헤맨 파랑새가 고향 집의 회색 산비둘기였다니!'하는 정도의 각성에 그칠 수도 있겠죠. 이 여행자는 허송세월한 걸까요? 아닐 거예요. 고향 집의 '회색 산비둘기'를 '파랑새'로 알아볼 능력을 길러준 것은, 다름 아닌 여행이었을 테니까요. 이제 그의 눈엔 산비둘기의 파랑뿐 아니라, 자신을 둘러싼 삶의 모든 색채가 선명해 보일 거예요. 바로 여행의 연금술 덕분이죠.

열다섯 살, 집 나가 첫 번째 여행에서 돌아왔던 때를 기억해요. 집 앞에 이르는 골목, 대문, 창문뿐 아니라 늘 앉던 책상마저 낯설었어요. 심지어 익숙한 벽지의 디테일까지 달라 보였죠. '천 개의 베개'를 채우는 동안 이런 일은 반복되었어요. 여행의 연금술이 만들어낸 시각적 변화는 그 후 사물에서 인생과 세계에 대한 인식으로 옮겨갔어요. 일찍이 프랑스 문인 마르셀 프루스트가 말했던 것처럼.

진정한 여행은 새로운 풍경을 구하는 것이 아니라 새로운 눈을 갖는 것이다.

나는 믿어요, 여행의 연금술을. 당신 앞에 펼쳐진 길이 아프리카의 초원, 아시아의 오지, 북아메리카의 대도시, 남아메리카의 해변…. 어디에 닿게 할는지는 모르지만, 당신에게 새로운 눈을 갖게 하리란 것을!

'여행의 신'이 당신 어깨에 내려앉길 바라며 길 위의 R로부터